KB058835

청춘을 달리다

《배철수의 음악캠프》
배순탁 작가의 90년대 청춘 송가

청춘을

배순탁 지음

달리다

청춘은 끝나고 인생이 시작됐지만 아직 멈추지 않은 그 시절의 낭만적 기록

북라이프
booklife

청춘을 달리다

1판 1쇄 발행 2014년 11월 20일
1판 6쇄 발행 2021년 1월 19일

지은이 | 배순탁
발행인 | 홍영태
발행처 | 북라이프
등 록 | 제313-2011-96호(2011년 3월 24일)
주 소 | 03991 서울시 마포구 월드컵북로6길 3 이노베이스빌딩 7층
전 화 | (02)338-9449
팩 스 | (02)338-6543
대표메일 | bb@businessbooks.co.kr
홈페이지 | http://www.businessbooks.co.kr
블로그 | http://blog.naver.com/booklife1
페이스북 | thebooklife
ISBN 979-11-85459-05-9   03800

비즈니스북스는 독자 여러분의 소중한 아이디어와 원고 투고를 기다리고 있습니다.
원고가 있으신 분은 ms2@businessbooks.co.kr로 간단한 개요와 취지, 연락처 등을 보내 주세요.

음악이 없다면
삶은 하나의 오류일 것이다.
- 니체

일러두기

* 앨범은 《 》, 곡은 〈 〉으로 표기했습니다
* 그 외 책, TV 및 라디오 프로그램, 영화는 《 》으로 표기했습니다.

책을 내면서

나는 음악 작가이자 비평가다. 음악을 선곡하고 음악에 대해 말을 하고 글을 쓴다.

이 책은 셋 중에서 글을 도구로 하여 써낸 결과물이다. 이것은 가장 어렵고, 가장 나를 애먹인다. 글을 쓸 때의 나는 항상 편치 못하다. 언제나 내 부족함을 한탄하면서 너끈히 글을 써내는 것처럼 보이는 동료들의 결과물을 선망하고 질투한다. 그러므로, 질투는 나의 힘이다.

음악에 대한 글쓰기가 힘든 이유는 단순하여 명료하다. 음악이 대체 보이지를 않기 때문이다. 비가시성을 가시적인 영역으로 끌어들이는 일은 과학자들이나 할 수 있는 것인 줄 알았는데, 음악 비평가는 이걸 동일하게 해내라고 요구받는다. 처음부터 불가능한 일이요, 성립이 되질 않는 게임이다. 게다가 재능까지 모자란 나는 대개 좌절하고, 가끔씩 보상 받는다. 아무래도 나는 평생 손해만 보고 살 팔자인가 보다.

우리가 살면서 짓는 죄의 목록들은 각기 다를 것이다. 그러나 공통적으로 저지르는 죄가 하나 있다고 생각한다. 바로 '일반화의 오류'라는 죄다. 우리는 끊임없이 몇몇 사례들을 통해 전체를 추정한다. 그 누구도 이 혐의에서 자유로울 순 없다. 그렇다면 음악 비평가는 이 죄를 숙명처럼 등에 얹고 가야 하는 존재가 아닐까. 그러니까, 음악 비평을 잘해내기 위해서는 잘 짐작하는 능력이 필수다. 부분을 근거로 삼아 전체의 풍경을 미루어 짐작하는 것이다. 그 풍경은 실제와 흡사할 수도 실제와 아예 다를 수도 있다. 오류는 필연적이다. 그런 오류까지도 껴안고 가는 것이 음악 비평가로서의 자세라고 믿는다.

나는 이 책에서 구조를 먼저 설정한 뒤에 이야기를 끼워 넣는 것이 아닌, 이야기를 통해 특정한 시대의 구조가 희미하게라도 드러나기를 바랐다. 나는 본래 구조를 파악할 수 있는 능력이 대체로 결여된 사람이다. 음악 앞에서 백전백패를 면하려면 선택권이 하나밖에는 없었다는 뜻이다. 구조 파악을 잘해내는 비평가는 내 주위에 얼마든지 있으니, 그분들의 책을 사서 보면 도움이 될 것이다.

이 책은 지극히 사변적인 것을 통해 쓰인 음악 에세이에 가깝다. 전문적인 용어는 최대한 배제하고, 내가 가장 절박하게 음악을 찾아들었던 1990년대의 뮤지션 열다섯 명에 대해 이야기하려고 했다. 내가 고등학생이자 대학생이었을 시기, 즉 음악을 직업이 아닌 순수한 취향으로써 접했을 적의 이야기들이다.

사람들은 보통 이 시절을 '낭만적 청춘'이라는 수사로 미화하곤 한다. 그런데 나에게 있어 청춘이란, 낭만적인 동시에 비참함을 어떻게든 견뎌야 했던, 흑역사의 한 페이지이기도 했다. 그리고 낭만보다는 비참과 좌절을 겪어내면서, 나는 어른이 되는 법을 조금은 배울 수 있었다. 그 중심에 있었던 것이 바로 음악이다. 음악이 없었다면 글쎄, 나는 아마도 정처 없었을 것이다.

차곡차곡 내면에 쌓아온 경험을 바탕으로 어떤 안목이 발휘되는 순간, 아마도 좋은 음악 비평은 탄생할 수 있을 것이다. 이런 목적을 달성했다고 장담할 수는 없지만, 주어진 여건 하에서 최선을 다하려고 노력했다. 이런 이유로 변명이란 있을 수 없다.

책에 실린 뮤지션들을 포함해 이 책이 만들어지기까지 도움을 주신 모든 분들에게 감사의 인사를 전한다. 실질적인 내 첫 책이다. 부디 즐겁게 읽어주시기를.

2014년 10월의 마지막 날

배순탁

차례

 **Side B.**

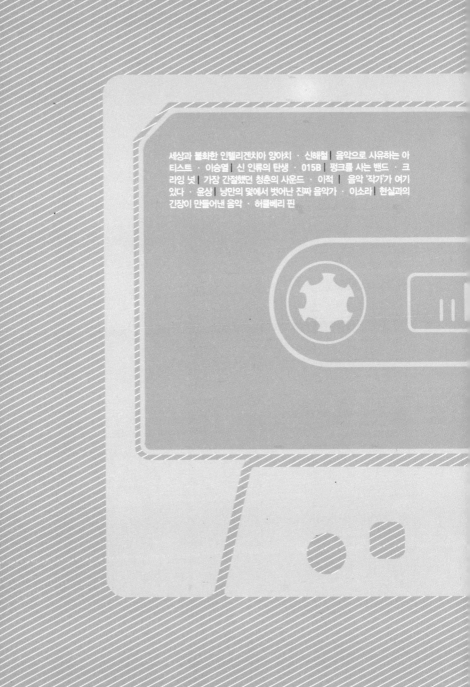

2020

북라이프 도서목록

50부터는 습관이 건강을 결정한다!

깨끗한 피부, 납작한 배, 넘치는 활력…… 바로 당신의 이야기다!

단순하지만 획기적인 1달 1습관 1년 맞춤 습관 안내서

★★★★
출간 즉시
베스트셀러

★★★★
모델
이소라 추천

★★★★
항노화 전문의
안지현 추천

"더 건강하고 더 행복하고
더 탄탄한 삶을 위해!"

나를 인생 1순위에 놓기 위해
꼭 필요한 12가지 습관

지금, 인생의 체력을 길러야 할 때
제니퍼 애슈턴 지음 | 김지혜 옮김 | 16,800원

북라이프 서울시 마포구 월드컵북로6길 3 이노베이스빌딩 7층 | 전화 (02)338-9449 | 팩스 (02)338-6543

예일대 감성 지능 센터장 마크 브래킷 교수의 감정 수업

인생을 바꾸는 단 하나의 질문,
"지금 기분 어때?"

스스로를 '감정 과학자'라고 부르는 마크 브래킷 교수는 성공과 행복을 위해서 감정을 현명하게 활용해야 한다고 주장한다. 예일대 아동 연구 센터 교수로서 대학교 안에 감성 지능 센터를 설립한 저자는 감정을 다루는 다섯 가지 기술인 RULER 기법을 개발했다. 코로나 시대, 우리의 감정은 무사한지에 대한 종합적이면서 흥미로운 답변이 되어 준다.

감정의 발견
마크 브래킷 지음 | 임지연 옮김 | 16,800원

당신이 반드시 알아 두어야 할 심리 법칙 40가지

마음의 작동 원리를 깨달았더니
인생이라는 파도타기가 즐거워졌다!

독일에서 수십만 명을 사로잡은 베스트셀러 작가이자 심리학자인 두 저자가 인생에서 부딪히는 다양한 고민에 효과적인 심리 솔루션을 제공한다. 일, 일간관계, 돈과 마음 챙김 등 저자들이 엄선한 심리 법칙을 적극적으로 활용한다면 일상에서 흔히 겪는 어려움을 편하게 해소할 수 있을 뿐만 아니라 원하는 것을 보다 쉽게 얻을 수 있다.

마음이 마음대로 안 되는 사람들을 위한 심리학
폴커 키츠, 마누엘 투슈 지음 | 김희상 옮김 | 15,000원

작지만 안전한 내 집 찾기 프로젝트

2년마다 이사하지 않을
자유를 얻기 위하여

제7회 카카오 브런치북 출판 프로젝트 대상 수상작. 돈은 없지만 집을 살 수밖에 없는 상황에서 저자 강병진이 내 집을 찾아다니며 겪었던 모험담을 기록한 부동산 에세이. 2년마다 이사하지 않을 자유를 얻기 위해 직접 겪어 보지 않으면 모를 지극히 현실적인 경험담과 기초적이지만 소소하게 도움이 되는 부동산 팁을 정리해 책으로 엮었다.

생애최초주택구입 표류기
강병진 지음 | 14,000원

내 몸에 딱 맞춘 커스텀 다이어트 비법

빼고 싶은 곳만,
빼고 싶은 만큼!

요요 없이 살 빠지는 체실늘 만들어 주는 '체간 리셋 다이어트'를 개발한 저자가 소개하는 최강의 커스텀 다이어트 비법. 빼고 싶은 곳의 군살을 줄이고 체형을 드라마틱하게 바꾸는 체간근 운동과 함께, 원하는 대로 몸매를 디자인하는 간단한 맞춤형 부분 운동까지, 누구나 하루가 다르게 줄어드는 줄자의 치수를 경험할 수 있다.

체간 리셋 다이어트 시즌 2
사쿠마 겐이치 지음 | 이선정 옮김 | 14,800원

Side A.

어떻게 살아야 하는지 묻고 싶었다

세상과 불화한 인텔리겐치아 양아치 · 신해철

"헉헉, 훅훅, 헉헉."

숨이 차온다.

고등학교 2학년이었던 1994년. 나는 나선으로 이어져 있는 학교의 복도를 우사인 볼트라도 된 마냥 전속력으로 뛰어가고 있었다. 그때 시간을 쟀다면 체력장 때보다 더 좋은 100미터 기록을 세울 수 있지 않았을까. 나는 뛰고 또 뛰었다. 학교의 복도가 이렇게 길게 느껴지긴 처음이었다. 축제 때 친구들과 당구를 치다 걸려서 오리걸음으로 올라올 때도 지금처럼 복도가 길어 보이진 않았는데. 내가 뛰고 있던 이유, 거창한 게 아니었다. 카세트테이프 한 장만 손에 넣으면 됐다. 테이프를 파는 가게는 정문 바로 밖에 있었다. 집 앞에 위치한, 예쁜 누나가 하는 레코드 가게가 못내 마음에 걸리지만 거기까지 갔다 오면 자율학습에 늦을 터였다.

"누나 미안."

나는 마침내 문방구 앞에 도착했다. 레코드 가게가 아니더라도 테이프 앨범을 팔던 시절, 이 가게의 사장님은 그런 틈새시장을 노려 제법 쏠쏠한 재미를 보고 있었다. 왔노라 보았노라 이겼노라(Veni, Vidi, Vici!). 짬짬이 모아둔 용돈을 건네주고 테이프를 건네받았다. 고대 이집트 신전에서나 봤음직한 색감의 재킷과 문양이 먼저 눈에 띈다. 왼쪽 밑을 보니 희미한 글자로 음반 타이틀이 처리되어 있었다.

'The Return of N.EX.T Part 1 The Being.'

이 앨범을 사기 위해 저녁을 굶었지만 지금 그게 문제가 아니었다. 나는 떨리는 손으로 워크맨에 테이프를 넣고 플레이 버튼을 눌렀다. 장중한 신시사이저 인트로와 함께 나를 사로잡는 카리스마 넘치는 목소리. 그 목소리가 나에게 다음과 같이 물었다.

"Now, we got a question for you. What is being."

존재? 존재가 무엇이냐고? 지금까지 들어온 사랑 노래와는 차원이 다른 질문이 벼락처럼 전두엽에 내리꽂힌다. 무거운 톤의 저음에 기가 짓눌린 나머지, 하마터면 "모르는데요." 하고 혼잣말로 대답할 뻔하다가 정신을 차리고 다시 집중. 초반부터 넉다운당한 나는 음반을 계속해서 들어본다.

이어지는 곡은 도입부부터가 압권이다. 거대한 휘몰이 드럼 연주로 박자를 깨부수듯 내리치더니, 모든 악기와 목소리가 한데 뭉쳐 드라마틱하게 'The Destruction of the Shell'을 우렁우렁

외친다. 오호, '껍질의 파괴'라.

"이대로 살아야 하는가"라는 곡 속의 가사처럼 내 미래에 대해 심각하게 고민하기 시작한 건, 아마도 이 즈음부터였을 것이다. 그때까지 나는 비교적 순탄한 인생을 살아왔다. 초등학교와 중학교 때 공부를 좀 잘해서 특목고에 들어갔고, 공부를 열심히 하다 보면 뭔가 중요한 사람이 되어 있겠지 싶은 나날들이었다. 고등학교에서도 성적이 나쁘진 않았다. S대는 힘들어도 K대나 Y대 정도는 충분히 갈 거라고 나도, 부모님도, 담임선생님도 철석같이 믿고 있었다. 그런데 난데없이 침입자가 끼어든 것이다. '신해철'이라는 이름의 숭고한 침입자가.

그랬다. 적어도 나에게 신해철이라는 존재는 숭고한 영웅이었다. "숭고는 설득하지 않는다. 도취시킨다." 롱기누스의 《숭고론》에 나오는 구절처럼, 나는 무작정 신해철이라는 세계 속으로 빠져들었다.

사실 내가 신해철을 맹목적으로 추종하기 시작한 건 1993년에 발표된 《Home》때부터였다. 일례로, 이 음반에 수록된 〈인형의 기사〉는 발라드 형식의 노래였지만, 기존의 발라드와는 뭔가 달랐다. 되돌아보건대, 나는 그걸 무의식적으로 '진보적'이라고 받아들였던 것 같다. 생전 처음 들어보는 전자 효과음, 기괴하게 뒤틀린 목소리, 여기에 'Part 2'로 이어지는 콘셉트 형식의 진행까지 그 압도적인 사운드스케이프 앞에 무릎을 꿇고 경배를 올렸다. 영웅의 탄생이었다.

영웅의 숙명, 그러니까 비극은 이때부터 예견된 것이었는지도 모른다. 스콧 피츠제럴드도 말하지 않았나. "영웅을 보여다오. 그러면 내가 비극을 써줄 것이다."

비극은 대마초 사건과 함께 시작됐다. 게다가 혹독했던 군대 시절이 그의 자존감을 짓누르면서 권위적인 한국 사회를 향한 신해철의 실존적 분노는 쌓여만 갔다. 뭐랄까. 시간을 들여 주위 환경의 변화에 적응해가는 능력이 그에게는 선천적으로 결락되어 있는 것처럼 보였다. 음악 잡지의 인터뷰 기사를 통해 이런 배경을 알게 된 나는 그제야《The Return of N.EX.T PART 1 The Being》앨범 전체에 퍼져 있는 강렬한 이미지의 감정들을 이해할 수 있게 되었다.

신해철이 던져준 비장한 메시지의 음악은 나에게 그 무엇보다 강력한 언명이었다. 헤비메탈 기타가 이런 것이구나 알 수 있었던 〈나는 남들과 다르다〉 덕분에 처음으로 남들과는 다른 음악과 관련된 직업을 그려 보았고, 〈Life Manufacturing:생명생산〉은 예전에 본 《블레이드 러너》라는 암울한 풍경의 영화를 떠올리게 했다. 물론 이런 영화와 노래가 '디스토피아적 세계관을 묘사한 작품'임을 알게 된 건, 그로부터 훨씬 후였다.

7분에 달하는 대곡 〈The Ocean : 불멸에 관하여〉는 앞서 말한 '진보적'인 것의 총체였다. 그래서 이 곡 덕분에 '프로그레시브 록(progressive rock)'이라는 장르가 있다는 걸 배웠다. 이런 경험이 바탕이 되어 나는 지금도 프로그레시브라는 딱지만 붙었다 하면 록이든 메탈이든 닥치는 대로 듣는 습관을 버리지 못하고 있다. 핑크 플로이드(Pink Floyd), 드림 시어터(Dream Theater), 러시(Rush), 그 외의 수많은 이름들. 신해철이 없었다면 눈곱만큼도 관심 두지 않았을 밴드들이다.

1994년 내내 《The Return of N.EX.T Part 1 The Being》을 수백 번은 반복해서 들었다. 그런데 'Part 1'이라고 했으니까, 'Part 2'가 나온다는 건 자명한 사실. 나는 춘향이가 아니었기에 더 이상 참기 힘들었지만 영웅은 감감무소식이었다. 마치 맨체스터 유나이티드가 십대에 불과한 웨인 루니(Wayne Rooney)와의 계약에 성공한 것처럼, 그가 그토록 원했던 최고 수준의 기타리스트를 영입해 작업 중에 있다는 소식만 뜬구름처럼 흘러다닐 뿐이었다. 언뜻 스쳐 듣기에 '김세황'이라는 이름이라고 했던 것 같았다. '다운타운'이라는 밴드의 기타리스트라는데 엄청난 실력의 소유자라는 소문이 자자했다.

그리고 1년이 지난 1995년 가을.

"헉헉, 훅훅, 헉헉."

1년 전과 데자뷰인 양 나는 다시 뛰었다. 이번에는 목적지가 달랐다. 일찍부터 예약을 끝내놓은 집 앞의 레코드 가게로 뛰어가는 중이었다. 가끔씩 마실 것도 줬던, 예쁜 누나가 웃는 표정으로 나를 반겼다. "신해철이 그렇게 좋니?" 사실 누나는 음악을 잘 몰랐다. 아니, 음악에 관심이 없었다고 해야 할까.

때는 1990년대 중반, 앨범이라면 테이프와 CD를 가리지 않고 엄청나게 팔리던 시절이었다. 이런 호황에 힘입어 많은 사람들이 레코드 가게를 열었고, 대부분 장사가 꽤 잘됐다. 누나의 가게에는 음악 좀 좋아한다는 혈기왕성한 수컷 고교생들이 무시로 드나들면서 뻐꾸기처럼 끊임없이 멘트를 날려댔다. 경쟁률이 엄청나게 높았단 뜻이다. 천성적으로 소심한 나는 누나를 향해 고백 한 번 해보지 못하고 고등학교를 졸업해야 했다.

신해철, 김세황, 김영석(베이스), 이수용(드럼). 이 황금의 4인조가 드디어 공개한 《The Return of N.EX.T Part 2 World》(1995)는 '세계'라는 부제만큼이나 광대하고, 화려한 작품이었다. 첫 곡 〈세계의 문〉에서부터 마지막에 위치한 〈Love Story〉까지,

신해철과 그의 동료들은 숱한 장르를 오가면서 나를 정신 못 차리게 했다.

지금도 나는 〈세계의 문〉을 처음 들었을 때의 충격을 잊지 못한다. 잔잔한 어쿠스틱 기타로 시작하는 이 곡은 중간에 갑자기 헤비메탈로 표정을 확 바꾸는 빌드업(build up)으로 나를 깜짝 놀라게 하더니, 나중에는 어마어마한 스케일로 확장되면서 전방위에서 압박을 가해왔다. 그중에서도 김세황의 기타와 신해철의 키보드 솔로가 현란한 만듦새로 자웅을 겨루는 후반부는 '프로그레시브 메탈'의 진수가 무엇인지를 알게 해줬던 교과서와도 같은 작품이었다.

어디 이뿐이었을까. 국악기와 창(唱)을 도입한 〈Komerican Blues〉와 〈The Age Of No God〉, 스래시 메탈(thrash metal)이 뭔지를 알려준 〈나는 쓰레기야〉, 나의 노래방 단골 레퍼토리가 된 〈Money〉와 〈Hope〉 같은 곡들. 이렇듯 장엄한 발성과 도취적인 호흡으로 완성된 음악을, 나는 이전까지 경험해본 적이 없었다. 나는 지금도 넥스트의 최고작으로 이 음반을 꼽는데, 다른 동료 평론가들이 자꾸 《The Return of N.EX.T Part 1 The Being》을 넘버원으로 거론하는 걸 보면 조금 슬프다. 다른 뮤지션이라면 몰라도 신해철은 내가 좀 아는데…… 싶은 '신해철 부심' 때문이다.

사실이 그랬다. 그때의 내가 알기로 이렇게 다채로운 스타일을 포괄하면서도 그것을 최고의 수준으로 갈무리할 수 있는 뮤지션은 당대에 신해철이 유일무이했다. 이런 이유로 서태지 팬이었던 친구들과 자주 언쟁을 벌이기도 했지만, 나의 신실한 믿음은 굳건하여 흔들리지 않았다. 서태지라는 90년대의 거대 아이콘에 가려졌을 뿐이지, 신해철의 음악은 항시 '파격'의 연속이었다.

그는 '무한궤도' 시절에 키보드만 세 대를 기용해 '프로그레시브'한 지향을 드러냈고, 솔로 2집에 수록된 〈재즈 카페〉에서는 조금 어설프긴 했지만 영어 랩을 도입해서 화제를 모았다. 모두들 '도리도리'밖에 모르던 1996년 윤상과 함께 본격 테크노 음반《노 댄스》를 낸 것도 반드시 기억해야 할 그의 성취다.

넥스트 해체 이후에도 신해철은 음악의 장르를 합종연횡하면서 격파해나갔다. 그러면서도 날카로운 시선으로 세상과 인간을 관찰하면서 얻은 깨달음들을 하나씩 가사에 녹여냈다.《Monocrom》 (1999)의 〈無所有:I've Got Nothing〉에서 모색한 국악기와 테크노의 본격적인 결합,《Theatre Wittgenstein: Part 1 - A Man's Life》(2000)의 〈숫컷의 몰락 Part 1〉에서 해학적으로 묘사한 남자라는 족속들의 초라한 자화상 등이 대표적인 예시일 것이다. 《Crom's Techno Works》(1998)에 수록된 〈매미의 꿈 5부작〉은 두 앨범보다 앞선 1998년에 공개되었지만 그에 대한 결정판이라고 할 만한 걸작이었다. 사람의 일생을 매미의 꿈에 비유한 이 대곡은 넥스트라는 둥지를 벗어나서 발표한 작품들 중 〈일상으로의 초대〉와 함께 내가 가장 열광했던 곡이기도 하다.

이번에는 좀 더 오랜 시절, 그러니까 넥스트 이전의 노래들을 돌아본다. 굳이 인터넷을 뒤지지 않아도 곡들이 실타래 풀듯 술술 나온다. 〈슬픈 표정 하지 말아요〉, 〈안녕〉, 〈내 마음 깊은 곳의 너〉 등, 사랑 노래들이 대중들로부터 압도적인 사랑을 받았다. 지금 봐도 이것 참, 이게 신해철이 맞나 싶을 정도로 낯 뜨거운 제목이요, 가사들이다. 그러나 이른바 나 같은 신해철 '빠'들이 사랑한 곡들은 따로 있었다. 〈나에게 쓰는 편지〉, 〈아주 오랜 후에야〉, 〈50년 후의 내 모습〉, 〈길 위에서〉 같은, '자의식'으로 충만한 노래들이다. 이 곡들이 말해주듯이, 90년대 초반의 솔로 시절 하이틴 스타로서 오빠 부대를 몰고 다니면서도 그는 음악적인 자주권(自主權)을 놓치지 않았다. 아이돌 가수이자 싱어 송 라이터, 여기에 광고 모델과 DJ까지, 다방면에서 재능을 뽐내며 이후 가요계를 호령할 채비를 끝마친 것이었다.

이런 곡들이 등장하면서부터 시작되었던 것 같다. 그의 학력이 우선 논쟁거리였다. 간단하게, 명문대 철학과를 중퇴한, 대학원도 나오지 않은 설익은 철학도의 '개똥 철학'에 불과하다는 것이었다. 나는 철학에 대해 아는 바가 별로 없었다. 그래서 지금도 그의 가사가 개똥인지 소똥인지 요즘 말로 '중2병'인지 말할 자격이 없다고 생각한다.

그러나 분명한 건, 그의 가사가 방황과 고뇌로 점철된 사춘기를 관통하고 있던 나에게 그 무엇보다 큰 울림을 줬다는 것이다. 비장미로 넘치는 다음의 노랫말들이 나의 사춘기를 음악으로 대변해줬다고 하면 과장일까.

무엇을 해야 하나 / 어디로 가야 하는 걸까 / 알 수는 없었지만 그것이 나의 첫 깨어남이었지

– 〈길 위에서〉 (2집 《Myself》)

살아갈 날들이 살아온 날들보다 / 훨씬 더 적을 그때쯤 /
나는 어떤 모습으로 세월에 떠다니고 있을까

– 〈50년 후의 내 모습〉 (2집 《Myself》)

머리에 피도 안 마른 고등학생에게 이 얼마나 매혹적인 표현이요, 문장이었던가 말이다. 누군가는 허세 쩐다며 거부감을 보이기도 했지만, 그 대책 없는 낭만주의를 나는 사랑할 수밖에 없었다.

아니, 나라기보다는 '우리'라고 해야 할 것이다. 나와 같은 '90년대의 아이들'의 학창 시절은 신해철의 정서와 아주 밀접한 관계를 맺으면서 성장했으니까 말이다. 이 관계의 실재(實在)를 비극적으로 증명한 것이 신해철의 갑작스러운 죽음 앞에 끝도 없이 늘어선 팬들의 조문 행렬이었다고 나는 생각한다.

90년대를 지나 2000년대로 접어들면서 이후 신해철은 사회적인 이슈들에 대해 과거보다 더욱 적극적으로 참여해 목소리를 쏟아내기 시작했다. 인텔리겐치아 양아치와 보수적인 한국 사회의 불화는 그때부터 이미 그 전조를 예고하고 있었던 것이다. 연예인과 뮤지션을 공인 취급하는 한국 땅에서 그의 지지자들은 점점 더 '게토화'되었고, 자연스레 음악으로써 조명 받을 수 있는 기회는 줄어들었다. '교주'나 '마왕'이라는 별명은 이런 측면에서 그에게 더없이 어울리는 훈장처럼 보이기도 했다.

  좁고 좁은 저 문으로 들어가는 길은 / 나를 깎고 잘라서
스스로 작아지는 것뿐 / 이젠 버릴 것조차 거의 남은 게 없
는데 / 문득 거울을 보니 자존심 하나가 남았네
  - 〈민물장어의 꿈〉(《Homemade Cookies & 99 Crom Live》)

타인을 향한 증오로 유지되어온 한국 사회의 강고한 카르텔 속에서 그는 마치 어울리지 않는 장소에 잘못 흘러들어온 멜로디처럼 보였다. 그가 아무리 피를 토하며 변화를 외쳐도 세상은 바뀌지 않았다.

아니, 엘튼 존(Elton John)이 말했듯이 본래 "세상은 음악으로 바뀌지 않는 것"일지도 모르겠다. 그럼에도 그처럼 한 줌 용기를 내어 세상과 부딪히기를 주저하지 않는 사람들이 있었기에 지금의 우리가 있는 것이라고 믿는다. 미화하자는 의도가 아니다. 다만 신해철이라는 뮤지션이 우리 음악계와 사회에 남긴 유산을 다시금 되돌아보자는 것뿐이다. 단언컨대, 그 유산은 당신이 헤아리는 것보다 깊고 넓다.

중년의 길목을 향해 가고 있는, 한때 '길 위에서' '50년 후의 내 모습'이 궁금했던 올드 보이 한 명이 여기에 있다. 음악에 대한 직업으로 10년 이상의 세월을 보낸 내가 신해철을 시작점으로 삼은 건, 그의 존재 덕에 음악에 관해서 처음으로 진지한 태도를 지니게 되었기 때문이다. 다시 한 번 돌이켜보니, 그에게 배운 것들이 참 많아 감사의 인사를 전하고 싶어서다.

2014년 여름, 그가 《배철수의 음악캠프》 대타 DJ를 하러 온 게 기억난다. 몇 년 전 인터뷰를 위해 한 번 만난 적은 있지만, 일주일간 그와 함께 방송을 하는 건 당연히 처음이었다. 내가 신해철이라는 인물에 열광하고 있을 고등학교 시절에 그와 이렇게 방송하는 걸 꿈이라도 꾸었을 리 없다. 그래서 그때 '배순탁, 성공했구나. 다 이뤘구나.' 라고 마냥 기뻐서, 내가 기특해서, 속으로 중얼거렸던 게 떠오른다.

직접 만난 그는 결코 마왕이 아니었다. 청년의 음악은 떠나보냈지만, 중년의 음악으로 점점 더 깊어지고 있는 한 명의 뮤지션이었다. 독설은커녕 그냥 낄낄대고 주변 지인들과 웃으면서 대화하는 걸 좋아하는 옆집 형 같은 사람이었다. 예쁜 딸의 사진을 보여주면서 아이처럼 웃는 딸 바보 아빠였다. 다른 건 다 제쳐두고서라도, 이걸 꼭 말하고 싶었다.

모든 위대한 음악가는 자신만의 음악사를 갖고 있다. 위대한 음악가는 그래서 곧 하나의 장르가 된다. 나는 신해철이야말로 그런 음악가였다고 확신한다. 부디 영면하시길. 내 인생의 뮤지션이여. 당신을 향한 나의 처음이자 마지막 팬레터를 여기에 부칩니다. 왜 우리는 항상 그게 마지막이었다는 걸 모른 채, 그 마지막 순간을 무심코 흘려보낼 수밖에 없는 건지요.

영화 《정글 스토리》 OST(1996)

1996년이었는지, 1997년이었는지 정확하지는 않다. 다만 이 음반을 떠올리면 어떤 풍경 하나가 자연스럽게 오버랩된다.

당시 홍익대학교에서 내가 살고 있던 수유리의 장미원까지는 버스한 방으로 갈 수가 있었다. 아마도 7번 버스였을 것이다. 주머니 안에버스비만 달랑 있었던 시절, 버스를 타고 가는데 화장실이 너무 급했다. 더 이상 참았다가는 내 몸 안에서 빅뱅이 터져버릴 것 같은 초대형위기. '에라 모르겠다!'라는 심정으로 버스에서 내렸다. 주변을 살펴보니 4호선 길음역 부근이었다.

잠시 후 지하철 화장실에서 찾아온 위대한 평화. 그러나 문제는 그다음부터였다. 정말 미친 듯이 장맛비가 내리고 있었던 것이다. 전 재산 빵 원, 우산 없음. 길음역에서 장미원까지는 도보로 대략 1시간 정도. 별 수 없었다. 그저 걷는 수밖에는. 장맛비를 고스란히 맞으면서 워크맨으로 들었던 음악, 바로 신해철의 이 앨범《정글 스토리》였다.

수록곡들 중에서도 김세황의 기타 솔로로 연주된 메인 테마〈Main Theme From Jungle Story〉를 특별하게 사랑했다. 이 곡에서 김세황의 기타 연주는 완벽에 가까웠다. 자신이 가진 초절기교를 아낌없이 발휘하면서도 결코 테크닉에 함몰되지 않은 그의 천의무봉과도 같은 기타 연주는 나에게 환희와 좌절을 동시에 안겨줬다. 그는 언제나 내 마음속 넘버원 기타리스트다.

이 곡 외에 〈절망에 관하여〉나 〈70년대에 바침〉 등도 빼놓을 수 없다. 빗속에서 〈Main Theme From Jungle Story〉를 포함한 이 곡들을 감상하면서 신해철의 멜로디 창작력이 절정에 달했음을 다시금 느낄 수 있었다. 감동에 겨워 속으로 '역시 신해철'을 수십 번이나 되뇌었다. 그래서였을까. 빗속이었지만 그렇게 음악을 집중해서 들었던 기억이 별로 없을 정도로, 1시간이 스윽 지나갔다.

그리고 마침내 도착한 장미원의 허름한 집 앞.

어느새 비는 멈췄고, 때마침 음반의 마지막곡이 흘러나오고 있었다. 노래의 제목은 의미심장하게도 〈그저 걷고 있는 거지〉. 끝끝내 참아왔던 눈물이 터져버린 건, 바로 그 순간이었다. 눈물을 훔치고 집으로 들어가보니, 몇 년 전 전 재산을 날려먹고 싸구려 월세방까지 밀려난 어머니와 아버지는 이미 잠들어 계셨다. 다행히 편안해 보이는 얼굴이었다.

우리는 왜 실패하는가

음악으로 사유하는 아티스트 · 이승열

사방이 고요하다. 모두들 고개를 푹 숙이고 뭔가에 몰두해 있다. 도무지 집중할 수가 없어 비장의 무기를 꺼내든다. 삼일 밤낮으로 엄마를 졸라 겨우 구입한, 소니에서 막 출시된 15만 원짜리 '오토리버스' 워크맨이다. 음악의 효과일까. 그제야 글자가 하나 둘씩 눈에 들어온다.

　그러나 안심은 금물. 야간자율학습 때 음악을 듣는 건 금지이므로 이제부터는 치열한 눈치 싸움을 이겨내야만 한다. 이것은 선생과 학생 간에 벌어지는 총성 없는 전쟁. 이제는 안심해도 되겠구나, 자세를 풀면 그때마다 어김없이 담당 선생님의 손이 뒤통수를 후려치면서 워크맨을 낚아채간다. 이거 참 신통방통한 능력이구나 싶다.

　운 좋게 걸리지 않는 날이면, 옆자리에서 누군가가 몸을 툭툭 친다. 눈빛 교환이 먼저다. 얼굴을 찡그려가며 해독해보니 갖고 있는 테이프를 다 들었으면 돌려 듣자는, '거절할 수 없는 제안'임에 분명하다. 고개를 끄덕이는 것으로 '오케이' 사인을 보내고 마침내 성사된 거래. 그와 동시에 취향의 정치가 은밀한 경쟁과 함께 시작된다.

퀸(Queen)의 베스트 앨범을 건네주고 내가 받은 건 유앤미 블루(U&Me Blue)라는 듣도 보도 못한 밴드였다. 게다가 팝도 아닌 가요라니, 이번 판은 나의 승리군, 하는 확신이 먼저 찾아온다.

"짜식, 무려 퀸을 줬는데 나에게 가요를 줘? 서태지나 넥스트의 신보도 아니고 유앤미 블루? 음악 좀 들어라. 임마 짜샤."

나는 속으로 쾌재를 부른다.

음악을 좀 더 들어야 하는 건, 결론적으로 나였다. 유앤미 블루, 정확하게는 이승열의 목소리가 이어폰을 통해 흘러나온 그 순간 '매혹'이라는 단어의 참뜻을 알게 되었으니까. 매혹이란 무엇인가. 매혹이란 '출구 없음'이다. '노 웨이 아웃.' 그리하여 매혹이란 당신이라는 세계 속에서 내가 속수무책이 되었음을 인정하는 것이다. '1994년 어느 늦은 밤', 나는 속절없이 이승열이라는 매혹의 세계 속으로 빠져들었다. 그리고 이 글을 쓰고 있는 현재까지도 그 세계에서 벗어나질 못했다. 진짜 매혹이라는 게 대개 이렇다. 되풀이해 들어도 탕진되지 않는다.

우선은 목소리다. 그의 목소리에 대해 말해야 한다. 이승열의 목소리는 힘이 있고 선이 굵다. 그러나 이 두 가지 특성이 위압적인 마초성을 뜻하는 것은 아니다. 그의 목소리에는 부드러움이 공재하고 있다. 유앤미 블루의 데뷔작 《Nothing's Good Enough》 (1994)의 수록곡들, 예를 들면 〈세상 저 편에 선 너〉를 들어보라. 섬세하게 직조된 가사 위로 흐르는 그의 목소리에는 어떤 품격 같은 것이 서려 있다. 은은하면서도 완강하고, 완강하면서도 유연하다. 자기 소리로 듣는 이들의 감각을 먼저 열어젖히고, 그것을 자연스럽게 사유의 문으로 인도하는 목소리다.

소수의 팬들이 먼저 환호했다. 아마도 당시 한국 가요계에서는 찾아볼 수 없는 희귀함 때문이었으리라. 1994년만 해도 유앤미 블루가 추구한 '모던 록'은 생소한 장르였다. 가요계에는 댄스와 발라드가 거의 전부였고, 록 쪽에서도 헤비메탈 외에는 '꽉!'으로 취급받지 못했다. 그래서 이승열이라는 뮤지션이 유앤미 블루의 해체 이후에도 그리움의 대상으로 남을 수 있었던 건 거의 전적으로 마니아들의 공이 컸다. 역으로 평론가라는 존재는 유앤미 블루의 짧은 활동 기간 속에서 별무소용이나 마찬가지였다.

음악 역사를 살펴봐도 언제나 탁월한 고성능 안테나의 역할을 해주는 건 평론가가 아닌 '마니아'라는 집단이었다. 기껏해야 평론가는 양반이라도 된 양 "엇흠!" 기침 소리를 내며 "내 소문 듣고 찾아와봤소." 하며 생색이나 냈을 뿐이었다.

이승열이 2003년 솔로 데뷔작 《이날, 이때, 이즈음에…》로 컴백할 수 있었던 것도 트렌드에 예민한 동시에 기억과 기록을 잊지 않는 마니아들 덕분이었다. 그러나 시장의 반응은 시원찮았다. 누군가는 마니아들 사이에서는 폭발적이지 않았느냐고 반박할 수 있을 것이다. 이런 게 바로 '매트릭스' 효과다.

생각해보라. 2004년이라는 타임라인 위에서 이승열이라는 뮤지션이 범대중적으로 주목받을 수 있는 근간은 그 어디에도 없었다. 그렇다고 오해하지 말기를. 그의 음악적 성취를 고려하면 결코 만족할 수 있는 결과가 아니었다는 뜻이다. 그러니까, 우리에게는 다음과 같은 책무가 주어지는 것이다. 좋은 음악을 후대에게 전달할 기록과 기억이라는 책무.

그의 디스코그라피를 통틀어 한 장만 꼽아야 한다면 3집 《Why We Fail》(2011)을 선택하겠다. 2007년의 2집 《In Exchange》는 이승열답지 않게 너무 '밝았다.' 팬들을 과도하게 의식했기 때문이었다. 외부의 존재 따위 상관하지 않고, 자기만의 세계를 더 깊숙하게 일궈냈을 때 이승열 음악의 진가는 발휘된다. 반쯤은 누구이고, 반쯤은 또 다른 누구인 사람은 그 누구도 되지 못하는 것과 같은 이치다.

3집은 이런 측면에서 이승열 음악의 어떤 절정이었다. 이승열은 이 음반에 대해 다음과 같은 전언을 남겼던 바 있다.

우리는 왜 실패하는가에 대한 의문에서 시작한 작업이다. 누구나 실패하지만 그 경험들로 인해 더욱 단단해질 수 있다. 계속 도전하는 그 자체로도 가치 있는 삶이라는 메시지를 전하고 싶었다. 새 앨범은 그래서 고독하지만 희망적이다.

위와 같은 설명은 나에게 곧장 '몰락의 에티카(윤리학)'을 떠올리게 해줬다. 몰락의 윤리학이란 그렇다면 무엇인가. 문학평론가 신형철은 그의 책 《몰락의 에티카》(문학동네, 2008)에서 '숭고한 실패'라고 했다. "세계가 그들을 파괴한다고 할지라도 그들이 지키려고 한 마지막 하나는 결코 파괴하지 못하는 까닭이다. 전부인 하나를 지키기 위해 나머지 전부를 포기할 줄 아는 자들. 그들은 지는 것이 아니라 지는 것을 선택하면서 이기는 자들이다."

첫 곡 〈Why We Fail〉에서부터 이승열은 묻는다. 그러고는 마지막에 가서야 대답한다. 그 이유는 도무지 알 길이 없다고. 그러나 알고 싶다고. 이 전개 속에서 그의 목소리가 갖는 설득력은 여전히 강력하다. 라이브의 질감을 한껏 살린 연주 파트와 더불어 그 어딘가에는 분명히 존재할, 따뜻한 눈물을 노래한다.

벼랑 끝에 서서 몰락을 예비하는 자들을 위한 찬가 〈라디라〉는 또 어떤가. 업 템포에 가까운 리듬이지만, 그 정서는 분명 무겁고 어두운 성질의 것이다. 우리네 안타까운 삶의 표정들을 결국에는 긍정할 수밖에 없을 것이지만, 그 바탕에는 떨쳐낼 수 없는 비관의 그림자가 드리워져 있다. 바로 3집의 전체적인 인상이 2집에 비해 확연히 톤 다운되고, 어두워졌다고 평가받는 이유다.

그래서 3집은 2집보다는 데뷔작과 그 생존가(價)를 공유한다. 그런데 내 인생에도 워낙 부침이 많아서였는지, 나는 이런 이승열이 더 좋다. 피리를 부는 소년에 이끌려 바다를 향해 걸어가는 쥐처럼, 그의 음악에 내재되어 있는 '바로크한 비장미'에 일찍부터 매혹당한 까닭이다. 실재를 견디게 해준다는 점에서 예술은 항상 일정한 정도의 숭고함을 지니는 것이다. 나에게 이승열이라는 아티스트는 그런 존재다.

첫 싱글 〈돌아오지 않아〉가 대표적이다. 롤랑 바르트가 얘기한 푼크툼(punctum), 그 찰나의 결정적 순간을 풀어낸 이 곡은 지금은 떠나고 없는 그 누군가(혹은 무엇)을 위해 바치는 진혼가다. 그런데, 진혼가라니. 이승열 목소리의 위력이 최대치로 발휘될 수 있는 스타일 아닌가. 해외에서는 이런 풍의 음악을 토치 송(torch song)이라고 정의하는데, 그야말로 가장 적확한 표현이라고 할 수 있겠다. 고통을 회피하지 않고 용감하게 직면해야 맞이할 수 있을 그 어떤 구원의 순간을, 이승열의 목소리가 희망이라는 이름의 횃불로 노래한다. 바다 건너로 비교하자면 유투(U2)의 보노(Bono)나 제프 버클리(Jeff Buckley)를 떠올릴 수 있을 것이다.

2013년 발표한 4집 《V》는 3집의 만족도가 워낙 컸기에 도리어 당혹스러웠다. 이 앨범에서 이승열의 목소리는 마치 스스로의 인생에서 망명한 사람처럼 들렸다. 장엄한 발성과 도취적인 호흡으로 압도적인 청취 경험을 선사하는 〈Minotaur〉을 들어보라. '추잡하다'는 가사를 반복하는 부정(不淨)의 강조로 기존 3장의 앨범을 부정(否定)하는 듯 들리는 이 곡은 완벽하게 새로운 영토에서 건설된 이승열 음악 세계의 '확장된 표현형'이었다. 비단 이 곡뿐만이 아니다. 야심으로 가득한 이 실험작에서 그의 음악적인 국경은 그 어떤 경계도 없이 사방으로 활짝 열려 있었다.

'구도자'라고 생각한다. 그가 소설 《이방인》의 일부를 내레이션으로 차용한 것도, 베트남 악기인 단보우(Dan Bau)를 과감하게 도입한 것도, '구도하는 자로서의 뮤지션'이라는 정체성이 있었기에 가능한 결과였다. 그는 뭐하나 허투루 넘어가는 법이 없다. 미세한 소리의 결 하나하나에도 정성을 기울여 마치 장인처럼 자기 작품을 완성해 나간다.

이렇듯 전통적인 예술가상(像)으로의 역류(逆流)를 꿈꾸는 그의 음악에 이른바 '대중의 취향' 따위 끼어들 수 있을 리 없다. 뭐 그리 어렵게 음악을 하느냐고, 좀 더 많은 사람의 사랑을 받으면 좋지 않겠느냐 말할 수 있을 것이다. 이게 바로 2000년대 이후 한국대중음악계에 만연하기 시작한 가장 큰 질병이라고 생각한다. 그 정의마저 애매모호한 대중이라는 존재를 절대선으로 상정하고 음악을 창작하는, 아니 거의 쏟아내다시피 하는 풍토.

자본이라는 포악한 괴물에 의해 한국대중음악계는 잠식당한 지 오래다. 그중에서도 대중이라는 이름은 자본주의가 가장 편하게 쓰곤 하는 위선의 가면이다. 이게 무조건 그르다는 의미가 아니다. 다만 한 가지 '대중을 위하여'라는 캐치프레이즈 하에서 벌어지고 있는 파시즘적 슈퍼 갑질을 보라.

음악이 너무 많은 이 열화복제의 시대에 이승열은 고집스럽게도 예술의 본질이 무엇인지를 캐묻는다. 그리하여 음악의 전형을 거부한 채, 아득한 저 너머에 있을 원형으로 거슬러 올라가기를 주저하지 않는다. 너도나도 스타일에 대한 강박으로 쿨한 취향을 내세우는 와중에 음악으로 사유하기를 멈추지 않는 것이다.

세상에나, 요즘 시대에 보기 드문 '핫'한 아티스트가 바로 여기에 있었다.

이승열 3집 《Why We Fail》(2011)

01_ Why We Fail

02_ 라디라

03_ 돌아오지 않아

04_ 솔직히

05_ 돈

06_ 너의 이름

07_ 또 다시

08_ 나 가네

09_ Lola(Our Lady Of Sorrows)

10_ 기다림의 끝

11_ D. 머신

12_ 그들의 Blues(Feat. 한대수)

집으로 가는 좁은 골목길이었다.

시간은 밤 12시경. 사방은 어둡고 인적 하나 없는 곳에서 〈돌아오지 않아〉를 듣는데, 갑자기 눈물이 쏟아지기 시작했다. 아버지가 보고 싶었다.

아버지에 대해 말해야만 한다. 1939년생인 내 아버지. 내가 1977년생에 외아들이니, 거의 마흔이 다 된 나이에서야 이 못난 아들을 낳고 얼마나 기뻐하셨을까.

우리 아버지는 어린 시절 나에게 해줄 수 있는 모든 걸 다 해주셨다. 레고를 산더미처럼 사주셨고, 그 비싸다는 게임기도, 비록 국산 짝통이었지만 흔쾌히 선물해주셨다. 크리스마스 때마다 레고를 품에 안고 그의 손을 잡으며 집으로 돌아갔던 기억이 지금도 생생하다. 눈이 내렸던 화이트크리스마스였고, 아버지의 손은 이 세상 누구의 손보다 따뜻하고 포근했다.

그는 일주일에 한 번씩 나를 목욕탕(아버지 발음으로는 '모옥탕')으로 데려가서 아낌없이 때를 밀어주셨고, 다 끝난 뒤에는 순댓국 집으로 데려가서 밥을 먹이셨다. 초등학교 때 '아메리카나'라는 햄버거집이 동네에 생겼는데, 나만큼 거기에 자주 가서 햄버거를 먹었던 친구를 보지 못했다.

아버지의 직업은 프리랜서 협상가 비슷한 것이었다. 해외와 국내의 기업을 연결시켜 주고 커미션을 받아 나를 먹이고 키우셨는데, 결벽증에 가깝다 할 정도로 깔끔한 성격만큼이나 일을 잘했나 보다. 선물에 인색했던 어머니의 만류와 협박만 없었더라면 나는 아마 선물더미에 깔려 질식사했을지도 모른다.

그런 아버지가 무너지기 시작한 건 당연히 IMF 무렵이었다.

회사들의 형편이 어려운 마당에 프리랜서 협상가의 돈벌이가 괜찮을 리 없었다. 집안에 고성이 오고가기 시작했고, 몇 년 뒤에 두 분은 결국 헤어지셨다. 이때부터 지하 월세방을 아버지와 나, 둘이서 전전했다. 그러던 어느 날, 아버지가 자꾸 배가 아프다고 하셨는데, 미련하고 불효막심한 아들놈은 '약 좀 드시면 낫겠지.' 하면서 그를 방치하다시피 했다. 복막염이었고, 큰 수술을 한 뒤에 심각한 후유증이 뒤따랐다. 치매 판정을 받은 아버지는 지금 지방의 요양원에서 못난 아들이 오기를 매일같이 기다리신다.

때때로 음악은 특정한 시절을 소환하는 마법을 부린다. 그리고 내 경험에 의하면, 어려운 시절보다는 좋았던 시절이 소환될 때, 눈물이 왈칵 차올라서 감당할 수 없을 지경이 되고는 한다. 시간이 흐르면 나쁜 기억들은 사라지고, 행복했던 기억만이 남는 것과 비슷한 이치일 것이다. '돌아오지 않아'라는 진실을 그 어떤 바보가 모르겠는가. 그럼에도 이 곡을 지금까지도 듣는 이유는, 거기에 아버지와 나의 환한 미소가 마치 영화의 한 장면처럼 머물러 있기 때문일 것이다.

어떤 음악은 때로 이렇게 받을 수 없는 사람에게 거는 전화가 된다. 부치지 못한 편지가 된다. 나처럼 나중에 땅을 치면서 후회하지 말고 지금 잘해야 한다. 돌아오지 않는다. 절대로.

'쿨'하다는 게 뭐길래

신 인류의 탄생 · 015B

문제는 '게스' 청바지였다. 다른 친구들은 다 입고 다니는 게스 청바지에 대한 강한 열망.

되돌아보건대, 우리 집이 게스 청바지를 사지 못할 정도로 어려웠던 건 아니었다. 아니, 솔직히 IMF로 풍비박산나기 이전까지는 '좀 사는' 쪽에 가까웠다고 하는 게 맞을 것이다. 십대 중반에 불과한 어린 나이였지만 그 정도는 대충 알 수 있었다.

부모님은 검소했다. 게다가 애국자셨다. 나는 지금도 플레이스테이션으로 콘솔 게임을 즐겨하는데, 그 시작은 초등학교 때 나왔던 8비트 오락기 '패미콤'이었다. 패미콤은 뭐랄까, 그 시절 부의 상징 중에 하나였다. 아이들은 당연히 이 오락기가 있는 집으로 부나방처럼 몰려들었다. 나는 그 집이 우리 집이 됐으면 했다. 그러나 수개월을 졸라 마침내 패미콤을 사러 갔던 역사적인 날, 내 손에 쥐어진 건 패미콤이 아니었다. 지금은 이름도 기억이 나지 않는, 국내에서 패미콤을 모방해 만든 짝퉁 게임기였다. 디자인은 구렸지만, 가격이 쌌고 무엇보다 국산이었다. 부모님에겐 그게 중요했다.

게스 청바지도 마찬가지였다. 청바지 하나가 10만 원에 달하다니, 부모님으로서는 용납할 수가 없는 초고가였던 것이다. 눈물을 흘리며 읍소했지만, 별무소용.

결국 부모님이 사온 건, 한국 게스에서 한국인 체형에 맞춰 만든 제품이 아니라 미8군에서 훨씬 저렴한 가격에 구한 '진짜' 미제 게스였다. 부러워하지 말기를. 선천적으로 다리가 짧아 슬픈 짐승인 나는 한국 것을 사도 기장을 좀 줄여야 한다. 그러니 미국 게스가 체격에 맞을 리 없잖나. 결국 리폼해서 입고 다니기는 했는데, 영 핏이 살지를 않아 중고등학교 내내 부끄러워했던 기억이 지금도 생생하다.

90년대는 이랬다. 80년대가 제품 그 자체의 시대였다면 90년대는 조금 더 구체적인 '브랜드'의 시대였다고 할까. 청바지가 게스와 리바이스로, 농구화가 나이키(의 에어 조단 시리즈)로 오락기가 (슈퍼) 패미콤과 메가드라이브로, 통기타가 세고비아로, 맥주가 카스와 하이트로, 전자제품이 소니(의 워크맨)로. 이렇게 브랜드를 향유하기 시작한 세대를 퉁쳐서 언론들은 '엑스세대'라고 통칭을 했는데, 풀어보자면 다음과 같은 설명이 적확할 것이다.

경제적 풍요를 바탕으로 소비를 지향했던 세대. 필요에 의해서가 아닌, 그저 즐겁기 위해 소비하기도 했던 첫 번째 세대, 무엇보다 남들과 '다른' 소비를 원했(기에 브랜드를 중요시했)던 세대.

음악도 양상은 크게 다르지 않았다. "난 메탈 음악 좋아해."가 아니라 "난 서태지가 좋아."라고 당당하게 말했던 세대였으니까. 그러나 서태지, 신해철, 김건모, 신승훈이라는 90년대 빅4는 너무 보편적이라는 약점도 있었다. 뭔가 좀 더 다른 음악을 듣고 싶어 하는 팬들을 위한 음악, 그러면서도 90년대성을 놓치지 않았던 음악이 필요한 시점이었다. 그중 최고를 꼽는 일이란 다른 분야에서와 마찬가지로 무의미할 것이다. 그러나 최선은 제시해볼 수도 있지 않을까 싶다. 내가 생각하는 최선, 바로 015B라는 그룹이다.

015B는 일단 포맷부터가 남달랐다. 알고 있다시피, '객원 가수제'를 최초로 도입한 것이다. 015B라는 거대한 프리즘을 통해 스타로 발돋움한 가수는 많다. 윤종신을 시작으로 이장우, 김태우, 김돈규, 조성민 등의 화려한 리스트가 이를 증명한다. 이 중에서도 윤종신의 존재감은 절대적이다. 토이에게 김연우가 있었다

면, 015B에게는 윤종신이 있었다고 해도 과언은 아닐 테니까.

〈텅 빈 거리에서〉가 그 시작이었다. 1990년 정석원이 작사, 작곡하고 윤종신의 목소리를 통해 발표된 이 곡은 (그 시절 공중전화 요금이 20원이었다는 걸 알려주는 사료로써의 가치도 무시할 수 없겠지만), 이후 '015B표 서정적 발라드'라고 불리게 될 어떤 스타일의 시금석과도 같았다.

015B는 이런 유의 발라드 음악으로 5집까지, 거의 빼놓지 않고 히트곡들을 내놓았다. 〈H에게〉, 〈우리 이렇게 스쳐 보내면〉, 〈5월 12일〉, 〈어디선가 나의 노랠 듣고 있을 너에게〉 등이 바로 그 주역들이다.

이 곡들이 공유하는 특징은 무엇보다 '이별 후의 풍경'을 주로 묘사하는 가사에서 찾아야 마땅하다. 또한 이 가사들은 누군가와의 공통점을 경유한 뒤에 파악해야 하는 것이기도 하다. 다름 아닌 윤종신이다.

둘의 가사에서 주인공을 맡는 이는 언제나 연애에 실패하고 뒤늦게야 후회막급, 찌질한 정서를 드러내는 남성이다. 그도 아니면 긴 시간이 흐른 후 짐짓 조금은 어른이 된 척하면서, 사랑했던 여성과의 과거를 아름답게 미화하는, 정신적 스토커 수준의 가사들이 거의 대부분이다. 사람들이 가사를 보면서 손발이 오그라든다고 고백하는 이유다. 바로 그게 한때 나의 자화상이었기 때문 아닌가. 생각해보라. 감정적으로 어느 정도 공감대가 형성되지 않는다면 손발이 오그라들 이유? 전혀 없다.

그러나 둘은 같으면서도 다르다. 그리고 바로 이 지점에서 015B만의 음악적 · 가사적 특화점이 발생하는데, 앞서 강조한 015B만의 '90년대성'이 바로 여기에 위치한다고 본다.

요즘 들어 '90년대성'에 대해 고민하는 경우가 종종 있었다. 내 청춘이 위치해 있던 90년대가 대체 어떤 시대였는지를 스스로에게 물어보고 답을 구해보는 것이다. 여러 단어들이 떠오르지만 아무래도 맨 처음 뇌리를 스치는 것은 '엑스세대'다.

90년대 초중반은 가히 '엑스세대'의 홍수였다고 해도 과언은 아니다. 여기서도 엑스세대, 저기서도 엑스세대. 그렇다면 엑스세대는 과연 어떤 세대였을까. 나는 엑스세대에 속해 있었던 것일까. 아니, 그보다는 엑스세대가 과연 한국 땅에서 존재하기는 했던 것일까.

그 힌트 중 하나를 015B의 음악 속에서 찾을 수 있다. 기실 엑스세대는 미국에서 출발한 세대론이다. 그래서 한국에 그것을 적용하기에는, 여러모로 맞아떨어지지 않는 측면들이 많았다.

대표적인 게 바로 경제적인 상황.

엑스세대가 사회에 진출할 무렵인 1980년대의 미국은 실업률이 10퍼센트가 넘는 최악의 암흑기였다. 반면 한국에서 엑스세대가 본격적으로 논의된 1990년대는 경제적으로 풍요로운 시기에 해당된다. 즉, 한국에서의 엑스세대는 1980년대 중반의 호황기에 십대를 보내고, 이십대 초반에는 문민정부 하의 90년대를 마음껏 누린 윤택한 세대를 의미하는 것이다.

'쿨'이라는 정서가 이즈음에 수많은 사람들에 의해 과도하게 발화된 이유, 바로 이런 경제적 배경과 무관하지 않다. 그렇다. 윤종신과 015B의 가사가 엇갈리는 지점, 바로 '쿨'인 것이다.

015B는 가사를 통해 가히 극단을 오고 간 경우다. 예를 들어 〈텅 빈 거리에서〉와 〈아주 오래된 연인들〉을 비교해보라. 〈우리 이렇게 스쳐 보내면〉과 〈신 인류의 사랑〉은 또 어떤가. 전자인 〈텅 빈 거리에서〉와 〈우리 이렇게 스쳐 보내면〉은 뜨겁다. 반면 후자인 〈아주 오래된 연인들〉과 〈신 인류의 사랑〉은 쿨하다.

음악은 보편성과 특수성이 교차하는 어떤 지점에서 본래 지녔던 잠재력 이상의 예측 불가능한 폭발력을 얻고는 한다. 015B의 음악이 정확히 그랬다. 〈신 인류의 사랑〉 같은 트렌디 송으로 90년대의 특수한 지점을 겨냥하는 동시에 멜로디가 선명한 발라드라는 만능키로 다수 대중도 팬층으로 끌어들였으니까.

또한 이러한 분석은 미디어론에도 대입해볼 수 있다. 전자의 핫한 곡들이 라디오 프렌들리했다면, 후자의 쿨한 곡들은 텔레비전에 안성맞춤. 그래서 015B는 언더그라운드에만 머물지 않을 수 있었다. 꽤나 적극적으로 가요 순위 프로그램에 나와서 〈신 인류(인 엑스세대)의 사랑〉을 노래하고 〈아주 오래된 연인들〉을 통해 엑스세대의 사랑은 어디까지나 '쿨'한 사랑이어야 한다고 강조했다. 이렇게 빅4에 속하지 않으면서도 자신의 음악적인 취향을 젠체할 수 있는 엑스세대만의 사운드트랙. 바로 015B가 정답이었던 것이다.

엑스세대의 쇠락과 함께 015B의 전성기가 막을 내린 역사는 그래서 주목할 만하다. 그들은 재빨리 당대의 최신이었던 일렉트로니카로 갈아탔지만, 과거와 같은 영화를 누리지는 못했다. 그럼에도 저평가될 이유는 전혀 없다.

묵시록적이며 냉소적인 세계관을 본격적으로 드러낸 6집 《The Sixth Sense - Farewell To The World》(1996)나 복고와 키치, 첨단을 오고가는 상상력이 돋보였던 《Lucky 7》(2006) 등은 상업적인 결과와는 무관하게 탁월한 작품들이었다. 특히 압도적인 사운드스케이프를 일궈낸 6집은 3집 《The Third Wave》(1992)와 함께 1990년대를 결산할 때 결코 빼놓아서는 안 될 걸작으로 평가받는다.

  2000년대에도 015B, 그중에서도 정석원의 음악적인 활동은 끊긴 적이 없었다. 윤종신과 함께 결성한 '팀 도피오(TEAM DOPIO)'를 통해 윤종신의 11집 《동네 한바퀴》(2008)를 발표하고, 이 외에도 여러 가수의 곡들을 프로듀스하면서 여전한 감각을 뽐내고 있다. 015B의 이름으로 공개한 《Let Me Go》(2012)나 《80》(2012)같은 싱글들도 빼놓을 수 없다. 레트로에 기반한 이 곡들을 통해 그들은 80년대 뉴웨이브에 대한 애정을 노골적으로 드러냈다. 매끈하면서도 세련되었으면서도 날렵한 이 곡들은 사운드 퀄리티와 멜로디 모두에서 만족스러웠다. 이런 이유로 흠잡을 구석이 거의 없었지만 다만 한 가지, "새것만 너무 좋아하지 마, 너희도 곧 늙어"(《80》) 같은 가사는 당혹스러웠다. 반(半) 훈계조의 노랫말이 015B답지 않게 다가왔던 것이다.

  그들도 역시 레트로라는 함정에 빠지고 만 것일까. 그래서 그들의 주요한 시대적 원천이었던 90년대보다 더 먼 과거인 80년대로의 선회를 결심하게 된 것일까. 그도 아니면, 누구나 그 나이쯤 되면 어쩔 수 없이 노스탤지어적인 정서에 기댈 수밖에는 없는 것일까. 음악 평론가 사이먼 레이놀즈(Simon Reynolds)의 표현처럼 015B가 "과거라는 순간(moment)을 기념비(monument)화하는 것"에만 머무르고 말 것인지, 언젠가 다가올 차기작이 증명해 줄 것이다.

015B 4집 《The Fourth Movement》(1993)

중학교 때부터 독서실에 다녔다. 집에서는 이상하게도 공부가 잘 안 됐다. 자꾸만 딴짓거리를 하고 있으니, 참다못한 어머니가 독서실에 반강제적으로 나를 넣어버린 것이다.

처음에는 독서실 가기가 죽기보다 싫었다. 너무 어둡고 답답했다. 그러나 인간은 특정한 환경에 마주했을 때 위대한 적응력을 발휘하고는 한다. 나에게는 독서실이 그런 경우였다. 몇 주 뒤부터 나는 학교 수업이 끝나면 독서실로 직행해 그곳에서 친해진 아이들에게 이런저런 배움을 구하기 시작했다.

내가 독서실에서 배운 것 중 하나가 바로 일본 만화였다.

무엇보다 《드래곤볼》과 《슬램덩크》를 이곳에서 처음 읽었다. 《북두의 권》을 보다가는 너무 감동해서 '켄시로'를 위한 나만의 사당을 집에 조그맣게 만들기도 했다.

중학교를 졸업하고 고등학교에 올라가서도 상황은 변하지 않았다. 언젠가 《슬램덩크》를 다시 읽으면서 감동의 쓰나미에 휩싸여 있는데, 옆의 친구가 어깨를 툭툭 쳤다. 나보다 싸움 잘하는 놈이었으니 망정이지, 아니었다면 불 같은 화를 냈었을 것이다. '감히 독서를 하고 있는데 네가 건드려?'

그 친구가 스윽 하고 건네준 건 바로 이어폰이었다. 나와는 은밀하게 음악력 경쟁을 하고 있는 녀석이었다. 이건 그러니까, 다음과 같은 시그널이었던 것이다.

"너 이 앨범 아직 못 들어봤지? 그래서 네가 안 되는 거야. 이 자식아."

일단 분을 참고 이어폰을 귀에 꼈다. 그때 흘러나왔던 곡이 바로 〈푸른 바다의 전설〉이었다. 처음에는 이게 015B인 줄 몰랐다. 우아하면서도 클래시컬한 연주곡이어서 '이놈이 이제 클래식도 듣나?' 싶었던 것이다.

이 곡에 속된 말로 '뿅' 갔다. 도대체 이 곡만 몇 번 들었는지 셀 수없을 지경이었다. 학교 가는 길에, 집에 돌아오는 길에, 독서실에서 공부할 때, 언제나 이 곡을 구간 반복 재생해서 듣고 또 들었다. 〈신 인류의 사랑〉이나 〈세월의 흔적 다 버리고〉, 〈어디선가 나의 노랠 듣고 있을 너에게〉 같은 곡들이 최고 인기였지만 그런 건 중요하지 않았다.

《슬램덩크》의 강백호도 중요한 게 아니었다. 《드래곤볼》은 거의 외우다시피 했으니 필요 없었다. 《북두의 권》은 한물간 지 오래였다.

한편의 대서사시 같은 이 연주곡에 내가 그만 홀려버렸던 것이다. 무엇보다 정확히 4분 5초에 시작되는 절정부는 나를 거의 감당할 수없는 지경까지 몰고 갔다. 오직 이 곡 하나만이 나를 지배했던 시절이었다.

평론가로서 나라는 인간이 대개 이런 식이다.

겉으로는 "015B가 당시로서는 트렌디한 첨단의 이미지 어쩌고…" 하면서 뒤에서는 몰래 〈푸른 바다의 전설〉 같은 곡을 들으면서 혼자 홀쩍였던 것이다.

그나저나 〈푸른 바다의 전설〉을 워크맨 이어폰으로 나눠 들었던 그 친구, 이름도 기억나지 않는 그 친구는 지금쯤 무얼 하면서 살고 있을지. 어디선가 이 글을 보고 있으면 응답하기 바란다.

쓸데없이 진지해봤자 망한다

펑크를 사는 밴드 · 크라잉 넛

1996년. 나의 스무 살은 헛헛함과 쓸쓸함으로 시작됐다.

고등학교 시절은 누구에게나 그렇듯 갑갑해서 하루빨리 벗어나고픈 새장이었다. '대학생만 된다면'이라는 구호를 머릿속에 되뇌면서 3년을 이를 악물고 버텼다.

행복한 기억이 없는 것은 아니다. 지금도 지속가능한 우정을 실험하고 있는, 친구라고 부를 만한 아해들을 이 시절에 많이 만났다. 그럼에도 빨리 대학생이 되고 싶었던 건, 한낮 고등학생에게 대학생이라는 존재는 곧 자유와 동격이었기 때문일 것이다. "자유는 책임을 의미한다. 그러므로 대개의 개인은 자유를 두려워한다." 버나드 쇼(Bernard Shaw)의 이 잠언 따위, 미숙했던 '고딩 남자생물'이 알고 있을 리 만무했다.

이 말이 진리임을 깨달은 건, 그로부터 얼마 되지 않아서였다. 새장에서 탈출해 캠퍼스라는 곳으로 방사되었지만 갑자기 주어진 자유는 오히려 나를 혼란스럽게 만들었다. 중고등학교 모두를 남녀공학으로 다녔으면 뭐하나. 그 경험을 바탕으로 스무 살이 되면 진짜 쿨내 쩌는 연애를 하면서 이십대의 청춘을 꽃피울 거라 확신했지만 현실은 참혹했다.

세상에는 나보다 잘나고 멋진 놈들이 너무 많았고 나는 모든 게 부족했다. 다른 친구들은 소년에서 남자로 점차 성장하면서 각자의 인생을 떡 주무르듯 경영하는 것처럼 보였지만, 나는 마냥 주변인인 것 같았고 여전히 '애' 같았다.

"이번 생은 이렇게 망하는구나."

그해 봄이 들떠갈수록, 나는 점차 위축되기만 했다.

그러던 1996년 5월의 어느 날.

홍대 부근에서 소음에 가까운 악기 소리가 울려 퍼지고 있었다. 전쟁이라도 났나 싶어 가봤는데 소리 그대로 난장판이 펼쳐지고 있었다. 또래인 내가 봐도 혀를 끌끌 찰 만한 복장을 한 밴드가 무대 위에서 공연을 하고 있었는데 공연이라기보다는 저들끼리 고삐 풀린 망아지마냥 가로 지르고 세로 지르는 게 '아나키 인 더 유케이'(〈Anarchy In The U.K〉, 영국의 펑크 록 그룹인 섹스 피스톨스의 데뷔 싱글. 반정부 구호로 펑크 이데올로기를 확립한 곡), 아니 '아나키 인 더 홍대'였다.

그들은 '오늘 홍대가 죽거나 우리가 죽거나 둘 중 하나!'라는 의지로 서로 몸을 부딪히고 모르는 사람이 들어도 형편없을 연주 실력으로 끊임없이 악다구니를 써대고 있었다. 더 충격적인 건, 그들 무리에 학교 선배도 있었다는 거였다.

이건 그야말로 대참사였다. 딱 봐도 연습은커녕 합주 한번 제대로 한 적 없어 보였다. 본인들을 락 밴드라고 스스럼없이 말하는 것도 어처구니가 없었다. 나도 음악 좀 해왔다고 자부하고 있었기 때문에 "뭐야? 우리 밴드가 더 나은데?"라며 가소로워했다.

그때는 그 누구도 예상하지 못했다. '스트리트 펑크쇼'라는 이름의 이 공연이 한국 인디 신의 초창기를 상징하는 역사적 퍼포먼스로 남을 것이라고는. 그리고 그 엉망진창이었던 곡이 이후 대한민국 노래방의 영원한 찬가가 될 〈말 달리자〉라는 것을.

음악에 대한 직업을 얻지 않는 이상, 그러니까 음악에 대한 순수를 아직 간직하고 있는 팬의 입장에서, '장르를 먼저 의식'하고 듣는 케이스는 내가 아는 한 거의 없다. 이를 테면 다음과 같은 것이다. 서태지와 아이들의 〈난 알아요〉에 열광했던 그 수많은 팬들 가운데 "아, 이 곡을 통해 드디어 한국어로 된 랩이 가능하다는 것이 증명되었군." 하면서 감상할 확률은 제로에 근사하다는 것이다. 같은 논리로, 내가 크라잉 넛을 처음 목격했을 때 그게 펑크인줄 알고 있었을 리 없다. 다시 한 번 강조하지만, '제 정신이 아닌 놈들'처럼 보였을 뿐이다.

펑크는 1970년대 중후반 영국에서 탄생한 록의 하위문화다. 여기에서 장르가 아닌 '문화'라고 굳이 말한 이유는 펑크가 음악뿐만이 아닌 패션의 어떤 총체이기 때문이다. 크라잉 넛이 정확히 이런 케이스다. 어떻게 표현해야 할까. 그들은 펑크를 연주하는 게 아니라 '펑크를 사는 밴드'라고 말하는 게 보다 적확할 것이다.

우선 펑크 족의 외양은 대충 다음과 같다. 헤어스타일을 삐죽삐죽 세운 뒤 강렬한 톤의 원색으로 머리를 염색하고, 가죽 점퍼에 과장된 액세서리를 치렁치렁 매달아 현란한 이미지를 전시한다. 지금 당장 인터넷에서 크라잉 넛 결성 초기의 사진들을 검색해봐라. 이게 대체 우리나라 사람이 맞나 싶은 경우도 있을 것이다.

그러나 외양만을 근거로 그들이 '펑크를 산다'고 표현할 순 없다. 이를 위해서는 시간과 공간을 재구성해볼 필요가 있다.

지금부터 우리는 1990년대 중반 홍대 앞의 어떤 클럽으로 이동할 것이다. 클럽 외부의 거리에서부터 이미 굉음이 쏟아져 나오고 있다. 그 클럽의 이름을 살펴본다. 바로 그 유명한 '드럭'이라는 장소다. 대중음악평론집단 '100 비트'는 2013년 '한국 인디 20년'이라는 특집 기사에서 드럭이라는 클럽의 상징성을 다음과 같이 설명한 바 있다.

　　여기 '한국 인디 20년' 기획을 마련하며 우리가 주목한 상
징적 사건은 '클럽 드럭의 오픈'이다. 1994년 7월 마포구 서
교동 86-35번지에서 문을 연 이 수상한 이름의 클럽은, 뉴
욕의 'CBGB'와 런던의 '100 클럽'이 그러했듯, 한국 인디
음악의 자궁과 같은 역할을 했다는 판단이다. 우리는 그것
이 무엇보다 '신(scene)의 성립'이라는 관점에서 특히 중요
한 의미를 갖는다고 생각한다. 주지하다시피, 한국 인디 음
악 여명기의 가장 중요한 매개체는 앨범이나 레이블이기 전
에 라이브 클럽이었기 때문이다.

'역변'이라는 유행어를 다들 알고 있을 것이다. 우리 음악계에
서 크라잉 넛만큼 압도적인 스케일로 역변한 사례는 내가 경험한
선에서는 거의 없다.

《말 달리자》를 발표했을 때 그들은 이미 인디 신의 스타로 떠
올랐다. 그러나 연주는 엉망진창, 보컬, 기타, 베이스, 드럼이 온
전한 하나로 작동할 때 느낄 수 있는 쾌감과는 거리가 한참 멀었
다. 열정을 투사할 줄은 알았으나 그것을 현명하게 경영할 만한
내공이 아직 덜 여문 상태였다고 할까.

부족한 그들을 단련해준 건 8할이 '라이브'였다. 그러면서 로큰롤 무대에 대한 감각을 키워나갔다. 사람들은 보통 감각을 천부적인 것이라고 착각한다. 그러나 감각을 만드는 건 반복된 훈련이다. 처음엔 이렇게 해볼까 했던 것을 반복적으로 훈련하면, 특정 상황이 됐을 때 감각은 본능적으로 터져나온다. 생각은 창의적으로 하되 반복, 또 반복하는 것. 크라잉 넛은 아마도 대한민국, 아니 전 세계를 통틀어서도 라이브 횟수에 있어 최상위권에 이름을 올리는 밴드일 것이다.

그들이 펑크를 연주하는 게 아닌 '펑크를 산다'고 단언한 이유가 바로 여기에 있다. 밴드 '로다운 30(Lowdown 30)'의 프런트맨인 윤병주는 크라잉 넛의 베이시스트 한경록을 다음과 같이 정의했던 바 있다.

"(대한민국 록 계에서) 락앤롤 자격증 소유자는 한경록뿐!"

이 말에는 아마도 두 가지 의미가 내포되어 있을 것이다.

우선은 한경록과 크라잉 넛이라는 밴드가 수호하고 있는 로큰롤에 대한 진정성이다. 실제로 그들의 공연을 보면 시작은 물론이요 수시로 '로큰롤'을 부르짖는데, 그게 그렇게 어울려 보일수가 없다. 마치 그들이 로큰롤을 웅변하는 게 아니라 로큰롤이 그들의 음악을 통해 스스로 뿜어져 나오는 느낌이랄까. 음악을 하기 이전에 먼저 그 음악을 살지 않으면 이것은 도대체가 불가능하다. 역으로, 수많은 록 밴드들이 오늘도 '로큰롤'을 부르짖지만, 무대 밖에서는 그것과 관련 없어 보이는 행동을 하고 있는 것에 대한 타박일 수도 있겠고.

크라잉 넛은 처음부터 자신들을 로큰롤 밴드라고 규정했다. 시작은 펑크였지만 그 틀 안에 한정되기보다는 다채로운 장르를 흡수하면서 음악적으로 성장하고픈 욕구 때문이었을 것이다.

3집 《하수연가(下水戀歌)》(2001)는 그에 대한 절정으로 평가받는다. 이 앨범이 발표되었을 당시를 추억해본다. 홍대 앞의 어느 장소엘 가도 음반의 수록곡인 〈밤이 깊었네〉가 흘러나왔는데, 장기하가 〈싸구려 커피〉로 화제를 모으기 전까지, 인디 신의 음악들 중 이 노래보다 홍대 앞에서 자주 들었던 곡은 없었다.

〈밤이 깊었네〉가 증명했듯이 그들은 더 이상 치기 어린 펑크 밴드가 아니었다. 나날이 일취월장하는 연주력과 더불어 탁월한 작곡 실력까지, 대한민국 전체에서도 손꼽히는 '음악 잘하는 밴드'로 스스로를 격상시켰다.

이후 4집 《고물라디오》(2002)의 〈퀵서비스맨〉, 5집 《OK 목장의 젖소》(2006)의 〈룩셈부르크〉 등, 히트곡도 연타석으로 터트리면서 인디 밴드도 좋은 곡만 써낸다면 충분히 대중과 교감할 수 있음을 증명해 보였다. 그중에서도 〈룩셈부르크〉는 그들의 '커리어 하이'라고 해도 과언은 아닐 탁월한 완성도를 들려줬다. 로큰롤 리듬으로 현명하게 육박할 줄 아는 사운드와 재치 넘치는 가사 덕분이었을까. 이 곡은 2013년에 다시 부활해 광고음악으로도 쓰이기도 했다.

취향 이전에 습관이라고 믿는다.

크라잉 넛에게 로큰롤은 취향 이전에 습관이었다. 그렇다면 습관이란 무엇인가. 변함없는 습관은 우리의 생활을 앞으로 이끌어주는 주요한 동력이 되어준다. 취향은 때로 좌절하고 무너져도 습관은 쉽사리 사라지지 않는다. 은은하면서도 완강하게 삶의 이곳저곳에 배어 있는 까닭이다. 여기에서의 취향을 '음악을 한다'로, 습관을 '음악을 산다'로 치환해도 좋겠다. 영화 제목 그대로, 감동적인 '로큰롤 인생'이다.

다시 1996년으로 돌아간다. 나 이외에 주변을 서성이는 어른들의 표정을 떠올려본다. 이거 참, 예상대로 걱정과 불만으로 가득 치서는 장시간 훈계라도 늘어놓아야 속이 좀 풀릴 태세다. 머릿속에서 클리셰 덩어리인 한 문장이 스윽하고 지나간다. '세상이 말세'인 것이다. 그런데 생각해보니 세상이 언제 말세 아닌 적이 있었던가. 모든 시대는 당대 어른들의 관점에 의하면 말세였다.

시일야방성대곡이 끊이질 않았다. 심지어 고대의 벽화에조차 적혀있다고 하질 않나. "요즘 것들은 예의가 없다."라고. 그럼에도 세상은 어찌어찌 굴러왔으니, 한강의 기적이 별다른 게 아니다.

음악의 역사, 아니 거창하게 말해 인류의 역사가 증명해왔듯이, 어른들의 노심초사는 대개 청춘의 경험을 까마득하게 앞서간다. 어른에 대한 병적인 불신이 청춘 시절의 자연스러운 부산물이 되는 건 바로 이런 이유에서다. 기성세대와의 불화를 차곡차곡 쌓아가면서 청춘들은 어느새 실존적 분노의 저장탱크를 가득 채워버린다. 흔히들 록 밴드를 '저항'의 개념과 결부시키는 가장 큰 근거가 바로 여기에 있다.

그러나 말 그대로 노심초사인 것이다. 크라잉 넛의 퍼포먼스를 처음 목격했을 당시에는 내가 지나치게 노숙했음을 고백하지 않을 수 없다. 쓸데없이 진지한 척하는 어른들의 관점에 서서 '저러다가 어느 순간 회사에 취직해서 잘 먹고 잘 살겠지.' 싶었다.

사실 나는 그들이 부러웠다. 청춘이라는 패기와 똘기로 뭉쳐 일단 지르고 보자는 그 모습을 동경했다. 맞다. 그들은 참 잘 먹고 잘 살고 있다. 음악을 향한 변함없는 태도에 이제는 15년차 이상의 커리어가 더해져 음악만 하면서도 참 잘 먹고 잘 살고 있다.

대한민국 시장에서 록의 점유율은 5퍼센트가 채 되지 않는다고 한다. 이렇듯 록 밴드를 하면서도 충분히 잘 먹고 잘 살 수 있음을 온몸으로 증명해온 그들은 오늘도 클럽 무대에서 열정을 바닥까지 불사르고 있다. 홍대라는 공간이 마치 오래된 사진들처럼 공동화한 기억으로 타자화되지 않을 수 있었던 것도 다 크라잉넛 같은 밴드의 존재가 있었던 덕분이다. 지금 당장 클럽으로 달려가서 그들의 무대를 보라. 이게 바로 진짜배기 밴드요, '롸캔롤'임을 단박에 느낄 수 있을 것이다.

나는 이제 모든 게 제법 능숙해진 나이를 살고 있다.

어떻게든 버티면서 나약함을 숨기고, 모르는 것도 마치 아는 것처럼 넘길 수 있는 요령도 생겼다. 짐짓 어른인 척할 수 있는, 인생 화장술의 대가라고나 할까. 하지만 지금도 철벽 같은 세상에 부딪혀 위태로울 때가 많다. 그럴 때면 나는 다시 스무 살, 캠퍼스의 벤치로 돌아간다. 갑자기 떠안아야 했던 세상에 대한 혼란과 무너져버린 집안. 그것들이 영원할 것 같다는 불안과 두려움. 이제는 이 감정들이 내 나이만큼이나 무겁고 깊어진 채로 나를 응시하고 있다. 내 앞에 남아 있는 삶에 대한 채무감만큼이나 두렵고, 복잡해보이는 눈빛이다.

이럴 때면 나는 크라잉 넛의 음악을 다시 찾아서 듣는다. "쓸데없이 진지해져봤자 폭망한다." 이 말 한마디가 듣고 싶어서.

세상이 쉽게 바뀌지 않는 것처럼, 나는 여전히 구제불능인가
보다.

크라잉 넛 5집 《OK 목장의 젖소》(2006)

세계는 질문으로 넘쳐난다. 대개가 불안한 미래에 대한 조언을 구하려는 질문들이다. 겉으로만 보면, 다들 잘 그럭저럭 살고 있는 듯도 보인다. "누구나 어쩌다가, 지금의 내가 되는 거지." 영화 《칼리토》의 대사처럼 말이다. 그런데 뭔가가 찜찜하다. 정확히 우리가 원하는 것이 뭔지, 앞으로 어떻게 살아야 할지를 잘 모르겠다는 표정들이다. 불안이라는 이름의 이 질병은 급성이 아닌 만성질환처럼 도처에 퍼져 있다. 마치 희미하게 폐부를 찌르는 듯한 기분이다.

뭐, 우린 다들 잘 지내고 있다. 삶이라는 대지에서 붕 떠 있는 듯한 느낌만 뺀다면 말이다. 그래서 우리는 아무것도 결정할 수 없는 느낌, 도돌이표를 왕복하고 있는 느낌, 결국엔 뭐라 이름 붙일 수 없는 그런 느낌에 휩싸여 있다.

이건 사실 역설적이다.

역사상 지금처럼 수많은 선택의 기회가 주어진 세계는 없었다. 마음만 먹으면 클릭질 몇 번으로 어쭙잖은 철학자 흉내도 낼 수 있고, '쿨내' 쩌는 비평가 흉내도 충분히 가능하다.

문제는 우리가 도통 결정을 잘 내리지 못한다는 사실이다. 우리는 방향을 잃어버렸다. 병적으로 모든 결정을 미루고 또 미룬다. 눈에 잘 띄지 않는 실금 같은 것이 우리 세대 전체를 관통하고 있다.

"노력은 결코 배신하지 않는다."라는 말은 쓰레기통에나 던져버려

라. 잠도 줄이고, 하루 종일 뼈 빠지게 일해봤자 돌아오는 건 많지 않다. 이 회사, 저 회사에서 인턴으로 근무하며 화려한 스펙을 쌓아보지만, 끝내주는 직장을 낚아채가는 건 어차피 다른 놈들이다.

변화의 속도는 너무 아찔해서 자칫 현기증이 날 정도다. 어떻게든 이걸 따라잡아야 한다는 생각이다. 슈퍼 울트라 멀티태스킹이 가능해진 이 세상. 대체 어떻게 살아야 한다는 말인가.

크라잉 넛처럼 살아야 한다고 믿는다. 영화감독 류승완이 언젠가 다음과 같은 말을 남겼다고 한다. "모든 복서가 강편치 때문에 이기는 건 아니다. 대개 승리를 거두는 건 그들의 맷집 덕분이다."

크라잉 넛은 맷집에 관해서라면 둘째 가라면 서러울 밴드다. 가드를 바짝 올리고 로큰롤 하나로 지금까지 버텨왔다. 그 정신이 가장 생생하게 살아 있는 음반, 바로 5집 《OK 목장의 젖소》라고 생각한다.

그중에서도 〈OK 목장의 젖소〉와 〈룩셈부르크〉로 이어지는 초반부의 2단 콤보는 단연 압도적이다. "강한 자가 살아남는 게 아니다. 살아남는 자가 강한 것이다."라는 명언, 다들 알고 있을 것이다. 나는 여기에 하나를 더 추가하고 싶다. "그렇게 살아남은 자들은 대개가 탁월한 유머감각을 지니고 있다."라고.

〈OK 목장의 젖소〉를 듣고 몇 번이나 낄낄대며 웃었는지 모른다.

〈룩셈부르크〉는 심지어 감동적이기까지 하다. "저런 형편없는 실력으로 밴드를 하다니." 싶었던 친구들이 마침내 15라운드를 버티고 일궈낸 위대한 결과다. 두 곡뿐만 아니라 음반 전체를 흐르는 건 크라잉넛만의 페이소스 섞인 유머다. 그런데 이 유머는 냉소적이지 않고 포근한 느낌을 준다. 왠지 모르게 술집에서 만나면 금방 친해질 수 있을 것 같다. 심지어 한경록은 석양의 건맨처럼 '짠!' 하고 나타나서는 술값도 화끈하게 쏴주고 멋지게 집으로 갈 것 같지 않나.

그러니까 요지는, 가드를 바짝 올리고 견뎌내야 한다는 것이다. 견뎌내는 와중에도 입가에는 묘한 웃음을 띠고 있어야 한다는 것이다. 잔뜩 겁먹은 표정을 해서는 삶이라는 상대가 만만하게 보지 않겠는가 말이다. 설령 바닥까지 떨어진다고 해도 우리가 끝끝내 사수해야 할 최후의 보루, 그건 삶에 대한 애정으로부터 배어나오는 따스한 유머 감각일 것이다.

그저 '다를' 뿐,
틀린 게 아니야

가장 간절했던 청춘의 사운드 · 이적

대학 1, 2학년 시절, 수업을 거의 듣지 않았다. 2학년을 마치고 군대에 가기 전까지 성적표에 찍힌 F만 정확히 열 개. 이 든든한 배경 덕분(?)일까. "나 대학 때 공부 하나도 안 했어."라고 그 누구든 허세를 부리면 꼴에 경쟁심이 발동해 코웃음 먼저 나온다.

"네가 자그마치 4학기 동안만 F가 열 개인 나를 이길 수 있을 것 같아? 축구로 따지면 내가 메시요, 호날두야."

학교에 안 간 이유라고 해봐야 사실 별거 없었다. 강의를 꼬박꼬박 챙겨서 듣는다는 것 자체가 평범한 인생을 예비하는 것처럼 지루해 보였기 때문이다. 참 어리석게도, 누군가가 노래했듯이, 그땐 그랬다.

어떻게 설명해야 할까. 당시 대부분의 청춘들이 그랬듯 나 역시도 내 앞으로 미리 결정 지어진 것들이 아닌, 자신들만의 것을 믿는 정화적인 회의주의자였다. 고등학교에서의 3년도 지겨웠는데 대학교 4년까지 공부만 열심히 해서 번듯한 직장에 취직한다?

미래를 그렇게 수동적으로 받아들이기엔 내가 너무 특별하게 느껴졌고, 한 번뿐인 인생에 있어서 뭔가 다른 레일 포인트를 선택하고 싶었다.

학교 쪽엔 눈도 돌리지 않고, 신촌의 음악카페에 출근 도장을 찍다시피 한 것도 바로 이 즈음이었다. 이곳에서 나는 남들과는 다른 세계에 눈을 뜨고 있다는 자부심 비슷한 것을 느꼈던 것 같다. 이를테면 차후 인생의 근사한 시뮬레이션을 하고 있는 거라고, 그래서 결국 나는 남들과 다른 삶을 살 것이라는 자기 확신에 빠졌던 것이다. 부모님의 걱정이 깊어갈수록 이 확신은 커졌고, 그에 비례해 늘어가는 건 오직 흡연량과 주량밖에는 없었다. 그래, 맞다. 나는 이십대였던 것이다.

'답다'라는 접사가 있다. 내가 그 시기에 걸맞은(아니 걸맞아야하는) 특성을 누군가에게 보여줘야 하거나 상대가 나의 기대에 부응했을 때 우리는 이렇게 말한다. 너다워. 남자답네. 학생답게 굴어. 어른다운 모습을 보여줘. 김어준의 강연 덕에 유명해진 철학자 라캉의 명언이 바로 이 얘기다. "우리는 타인의 욕망을 욕망한다." 그러니까 '답다'라는 건, 내 인생의 주재자가 내가 아닌 상황을 뜻하는 것일 게다. 즉, 끊임없이 타인의 욕망을 만족시키면서 살아가야 하는 우리네 인생을 철학자답게 조금 어려운 말로 표현했을 뿐인 거다.

십대를 거쳐 이십대에 절정을 달하는 '다름'(나의 욕망)을 향한 강박은 바로 이 '다워야 한다는 것'(타인의 욕망)에 대한 반작용이다. '답다'라는 단어는 안도감과 동시에 반발심과 부담감을 준다. 그래서 청춘으로 하여금 일탈을 꿈꾸게 하지만 그게 말처럼 쉽지는 않다. 나의 '다름'이 알고 보니 '틀림'이 아닐까 하는, 그래서 주류 사회의 프레임에 편입하지 못한 채 낙오자로 분류되지 않을까 하는, 무한경쟁사회에 대한 본능적인 두려움 때문일 것이다.

그때 "나는 왼손잡이야!"라며 다른 삶의 가능성을 노래하며 등장한 주인공이 있었다. 바로 이적과 김진표로 구성된 2인조 그룹 패닉(Panic)이었다.

음악의 역사를 살펴보면, 젊은이들은 언제나 그들을 발전(發電)해줄 수 있는 새로운 원동력을 필요로 해왔다. 90년대 중후반의 이십대들이 이적, 구체적으로 말해 패닉의 음악에 열광적인 반응을 보였던 이유가 바로 여기에 있다.

어쩔 수 없이 이적에 대해 우선적으로 말해야 한다. 신구 세대가 충돌하는 지점을 정확히 포착하고 그것을 노랫말로 풀어내는 당시 그의 재능이 적어도 주류 무대에서만큼은 월등히 돋보이는 수준의 것이었던 까닭이다. 일례로 초창기 그들의 음악에는 뻔한 사랑 노래가 거의 없었다. 댄스든 발라드든 사랑 일색이던 흐름에 반기를 든 것이 도리어 이십대로부터 적극적인 지지를 받을 수 있는 근간이 되어준 셈이다.

패닉의 데뷔작 《Panic》(1995)을 꺼내 표지부터 훑어보라. 이적과 김진표의 캐리커처가 화려한 색감으로 교차편집 되어 있는데, 이건 누가 봐도 불량기가 한가득이다. 통상 유사한 아티스트로 분류되는 이적과 유희열이 갈리는 분기점이 바로 여기에 있다. 김동률도 비슷한 케이스다. 유희열, 김동률과는 다르게 이적은 '로킹(rocking)'한 감수성을 근간으로 하는 뮤지션이다. 이적도 인터뷰에서 직접 밝혔던 바 있다. "내 음악에 레드 제플린(Led Zeppelin)적인 요소는 언제나 있었다."

이런 측면에서 1집의 첫 히트곡이 〈달팽이〉라는 건 아이러니하다. 감성적인 피아노 발라드 형식의 이 노래는 애초에 싱글로 밀 계획이 전혀 없었다고 한다. 게다가 김진표의 랩 파트가 전무하다는 아킬레스건도 있었다. 그렇다고 명색이 2인조인데 이적 혼자 나갈 수는 없지 않은가. 래퍼 김진표가 가요 순위 프로그램 무대에서 갑자기 색소폰 연주자 역할을 하게 된 배경이 바로 여기에 있다.

언젠가 먼 훗날에 / 저 넓고 거칠은 세상 끝 바다로 갈거라고 / 아무도 못 봤지만 기억 속 어딘가 들리는 파도소리

따라서 / 나는 영원히 갈래

- 〈달팽이〉(1집 《Panic》)

〈달팽이〉의 노랫말의 일부만 살펴봐도, 영락없이 이건 현실에 절망한 이십대를 위한 송가다. 90년대라고 해서 지금과 큰 차이가 있었겠나. 이십대는 언제나 꾸준히 절망하고, 그 절망을 연료로 삼아 기성세대에 반항하더니, 안락하지만 불안한 삼십대의 일상을 거친 후, 결국에는 자연스럽게 기성세대가 되어 새롭게 등장한 이십대를 향해 혀를 끌끌 찬다. 이렇듯 실상 신구 세대의 사이에는 '넘사벽'이 아니라 자그마한 실개천이 놓여 있을 뿐이다. 이 근거리에서의 무한궤도가 곧 세대의 역사라고 해도 틀린 말은 아닐 것이다.

솔직히 세대론만큼 음악을 설명하기 쉬운 도구도 없다. 태만으로 보일 위험이 그래서 항시 존재하지만 이것이 이적이라는 뮤지션을 포착하기 위한 적확한 방법론임을 또한 부인할 수 없다.

무엇보다 그는 '변화'의 아이콘이었다. 그리고 어떤 변화에 대해 가장 직접적으로 반응하는 계층은 보통 당대의 청춘들이다. 이적은 청춘의 사운드라고 할 만한 록과 랩을 무기로 다채로운 장르를 넘나들며 특정 세대로부터 전폭적인 지지를 이끌어냈다. 이를 통해 그가 유난히 독보적인 포지셔닝을 할 수 있었다고 정리하는 것은 다소 단면적인 분석처럼 보인다. 이적 음악의 핵심은 비유하자면, 긍정적인 의미에서의 '적당주의'에 있기 때문이다.

그는 그 어느 것도 극단으로 치고 나가지 않는다. 록을 하더라도 거기에 멜로디를 부여하고 발라드를 하더라도 웅장한 스케일로 밀어붙이거나 최소한의 리듬감을 살려낸다. 곡으로 설명하자면 전자에는 〈왼손잡이〉와 〈하늘을 달리다〉가, 후자에는 〈내 낡은 서랍 속의 바다〉와 〈로시난테〉가 해당될 것이다. 이렇듯 그는 언제나 '적당히' 작가주의적이고, '적당히' 세속적인 태도를 견지해 왔다. 소설가로 비교하자면 무라카미 하루키 같다고 할까.

그의 디스코그래피에서 가장 파격적이라 힐 패닉 2집 《밑》(1996)을 되돌아봐도 동일한 결론을 얻을 수 있다. 처음에는 기괴하고 불편하지만 반복해서 듣다 보면 그가 곳곳에 장치한 흡수력 있는 장치들을 발견할 수 있는 까닭이다.

〈UFO〉가 대표적이다. 음악을 듣는 입장에서 첫 곡 〈냄새〉에서부터 시작된 불길한 내레이션 뒤로 터져 나오는 매력적인 선율을 거부하기란 힘든 일이다. 인상적인 훅(hook)을 내장한 코러스 파트도 마찬가지다. 가사만 떼놓고 보자면 이렇게 히트를 예감케 하는 싱글도 없다고 말할 수 있을 정도다. 아니, 가사도 다시금 곱씹어보니 '적당히' 대중적이다. 적어도 이십대를 향한 소구력이라는 측면에서는 말이다.

이 곡에서 이적은 '거짓 놀음'으로 일관하는 '살찐 돼지'들의 세계를 마음껏 비웃더니, 어디론가 함께 날아가자고 노래한다. '존재하지 않는 이상향'이란 그것이 존재하지 않기에 얼마나 매혹적인 것인가. 여기에 더해 〈그 어릿광대의 세 아들들에 대하여〉가 묘사하는 '잔혹동화' 같은 키치적 세계를 상기해보면, 심증은 물증으로 굳어진다. 이후 소설까지 써서 발표한 그는 천상 이야기꾼이다.

'적당주의'라고 표현했지만, 현재의 이적을 생각하면 그 역시 격변을 거쳤다고 해도 과언은 아니다. 솔로로 활동하면서 2007년 발표한 3집 《나무로 만든 노래》가 터닝 포인트였다. 이 즈음부터 갑자기 그의 가사에 '사랑'이라는 주제가 침입하기 시작한 것이다. 국민가요급 인기를 모은 〈다행이다〉는 사랑이라는 단어만 빠졌을 뿐, 2000년대 이후 가장 유명한 사랑 노래였다. 그다음 음반의 제목은 아예 《사랑》(2010)이었고, 2013년 공개한 5집 《고독의 의미》에서도 90년대의 재기발랄한 감수성은 쉽게 찾아볼 수 없었다. 이 커다란 간극을 어떻게 설명해야 할 것인가.

가수에는 크게 두 가지의 종류가 있다. 끊임없이 새로운 팬들을 양산하는 가수와 팬들과 함께 나이 들어가는 가수. 예술에 있어서의 진보가 대중을 창조하는 것이라면, 그 역은 대중과 함께

가는 쪽이라고 말할 수 있을 것이다.

겉보기에 90년대의 이적은 전자처럼 보였지만, 결국에 그는 후자에 해당하는 뮤지션이었다. 이십대에서 삼십대로, 삼십대에서 사십대로 접어들면서 그 나이에 '어울리는' 음악을 추구했고, 이것이 그와 함께 나이 들어가는 팬들의 변함없는 응답을 이끌어냈던 것이다. 그의 적당주의가 다시 한 번 빛을 발하는 지점이다.

반론을 제기할 수 있을 것이다. 이를테면《고독의 의미》에서 패닉 시절의 활기를 되찾은 듯 들리는 〈뜨거운 것이 좋아〉 같은 곡. 이 외에도 그는 타이거 JK와 함께한 〈사랑이 뭐길래〉에서 힙합과 일렉트로를 끌어들였고, 〈누가 있나요〉, 〈뭐가 보여〉, 〈병〉 등에서는 디지털 사운드를 도모했다. 《나무로 만든 노래》나 《사랑》과 《고독의 의미》가 음악적으로 차별화될 수 있는 이유가 있다면 바로 이것이다.

우리는 여기에서 대중음악의 역사를 되돌아봐야 한다. 청춘들의 반항과 반체제적 사상을 모토로 삼아 등장한 수많은 뮤지션과 밴드들이 '패션화'되기까지, 그리 많은 시간이 걸리지 않았다.

체 게바라의 사진이 새겨진 티셔츠, 커트 코베인(Kurt Cobain)의 찢어진 청바지, 서태지와 아이들의 가격표가 그에 대한 증거들일 것이다. 이적이라는 뮤지션도 마찬가지다. 그 역시 반항이라는 테마를 들고 나와 갈채를 받았지만, 그것은 어디까지나 '패션으로서의 반항'이었을 뿐이다. 사람들은 보통 90년대를 80년대와 구분해 '취향의 정치'라는 용어로써 정리한다. 패션과 취향(90년대), 반항과 정치(80년대)를 각각 일대일 대응시켜보라. 그는 가히 90년대를 상징하는 음악가 중에 하나다. 청춘이 내재한 어떤 부정성을 자신만의 기묘한 놀이로 전화(轉化)할 줄 아는 뮤지션이었던 것이다.

2010년대의 이적은 그러니까, 90년대의 심화 버전이다. 반항적인 노랫말의 비중을 서서히 줄이고 세월의 흐름에 따라 음악적인 깊이를 상실하지 않았지만, 이른바 새로우면서도 이질적이지는 않은 요소들, 예를 들면 힙합이나 일렉트로닉을 기웃거리면서도 대중들에게 '식상하다'는 느낌을 주지 않는 데 성공했다. 반항을 장르로 대체한 것이다.

앞으로도 한동안 그는 이러한 방법론을 계속해서 밀고 나갈 것이다. 무엇보다 기존 팬 베이스를 유지할 수 있는 동시에 '실력파'라는 인상도 유지할 수 있기 때문이다. 비유하자면, 뮤지션으로서 이적의 적당주의는 실로 탁월한 오픈 카드 전술이다. 대부분이 그의 패를 미리 알고 있지만, 결국에는 그의 음악에 귀 기울일 수밖에 없다는 점에서.

패닉 3집 《Sea Within》(1998)

음악은 고픈데 돈이 없었다. CD를 사고는 싶은데, 학비와 기본적인 용돈 정도를 해결하고 나면, 수중에 남는 건 단 몇 만 원뿐이었다. 그래도 이 시절에 대학교의 '문과'를 다녀서 다행이라고, 지금은 생각하고 있다. 아르바이트를 좀 열심히 하면, 학비 정도는 내 선에서 해결할 수 있을 수준이었으니까 말이다.

글을 쓰는 김에 2014년의 대학 등록금을 잠깐 살펴봤다.

반값은 고사하고 두 배 이상으로 모조리 뛰어 있다. 이런 현실 속에서 정치인들은 공약은 나 몰라라 저출산 풍토를 타박하고, 멘토라는 휘장을 두른 유명 인사들은 아무런 양심의 거리낌 없이 희망 전도사를 자처한다. 지금의 이십대가 세대 의식이 없다고 타박하는 종자들도 주변에 꽤 보인다.

어디 이뿐인가. "아프니까 청춘이다"라는 조악한 선전 구호로 떼돈을 번 어떤 기성세대는 "이런 사회를 만든 게 내 책임이냐."며 언제 그랬냐는 듯 한 발짝 물러서기에 바쁘다. 이십대는 마치 고립된 섬처럼 보인다.

희망을 논하는 것은 언제나 조심스럽다. 특히나 그것이 대중매체를 통한 희망의 전도라면 문제는 더욱 심각해진다. 책이든, 영화든, 음악이든 마찬가지다. "음악이 세상을 바꾼다."라니, 이게 대체 말인지

똥인지 된장인지 모를 일이다. 그보다는 다음과 같이 표현하는 게 더 적확하지 않을까 싶다. "음악이 세상을 바꿀 수는 없어도 세상을 바꿀 사람들을 아주 조금은 바꿀 수 있을 것."이라고.

희망에 대한 언질은 그래서 언제나 본질로 돌아가야 한다. 바로 환경이 아닌 사람이요, 컨텍스트가 아닌 텍스트에 집중해야 하는 것이다. 좌와 우, 네 편 내 편을 떠나서 우리의 정체성을 깊게 고민해봐야 한다. 거기에서 희망이라는 두 글자를 뽑아 올리지 않는 한, 모든 희망은 부질없는 것이라고 나는 믿는다. 그러니까, 진정 이 사회에 희망이 있는지 없는지를 먼저 파악해야 한다는 것이다. 안타깝게도 현재까지는 비관적이다. 한국 사회에 별 다른 희망이 보이질 않는다. 다만 희망 세일즈맨만이 넘쳐날 뿐이다.

작은 희망 하나, 얘기해보려고 한다.

이게 세일즈인지 진심인지는 각자 판단해주기를.

언제나 궁했던 나에게 친구 하나가 있었다. 같은 배씨에다 농구를 좋아해서 고등학교 내내 자주 어울려 다닌 녀석이다.

그 친구의 집은 크고 넓었다. 최신 오락기는 기본이요, 음악을 좋아해서 CD를 산처럼 쌓아놓고 있었다. 가요에서부터 팝, 록, 재즈까지 없는 장르가 없는 환상적인 컬렉션이었다. 그 CD들이 탐났다. 그래서 한 장을 몰래 훔쳤다. 바로 패닉의 3집 《Sea Within》이었다. 한 장이면 설마 눈치 못 채겠지, 하는 심정이었을 것이다.

　나중에 안 사실이지만, 그 친구는 알고 있었다. 하긴 잡아먹을 듯이 CD 컬렉션을 노려보고 있었는데, 눈치를 못 챘을 리가 없지 않나. 그 친구는 내 꿈이 기타리스트나 음악평론가인 걸 잘 알고 있었다.

　몇 년 후에 만난 그 친구는 그걸 알고 있었기에, 차마 아무 얘기도 할 수 없었다고 내게 말했다. 이런 친구 하나 있는 덕에 나는 《Sea Within》의 명곡 〈내 낡은 서랍 속의 바다〉를 만날 수 있었다.

　이 곡의 도입부는 정말이지, 지금 들어도 끝내준다. 이 곡을 듣고 나는 내 초라하고 비루한 현재를 이겨낼 수 있는 아주 작은 응원 하나를 얻을 수 있었다. 친구가 별다른 게 아니다. 희망이 뭐 거창한 게 아니다. 이런 친구, 이런 희망. 당신에게는 있는가?

살면서 필요한 건 어쩌면 '헛된' 희망이다

음악 작가가 여기 있다 · 윤상

2013년 겨울, 친구들과 고등학교에 다시 가봤다. 1996년 2월쯤 졸업식을 했을 테니, 17년 만의 방문이었다.

조금은 울컥해지지 않을까 싶었는데 이상하게도 별 감흥이 들지 않았다. 건물은 그대로였고, 까마득한 후배들의 교복은 훨씬 세련되게 바뀌어 있었다. 그게 전부였다.

후문을 통해 계단을 내려와서 친구들과 고등학교 시절 자주 갔던 중국집에 들어갔다.

"그래, 이런 날엔 짱깨에 고량주가 최고지."

마음이 움직였던 건 재미있게도 짜장면을 한 움큼 입에 집어넣은 뒤였다.

"아니, 어떻게 이렇게 맛이 안 변할 수 있지?"

내 경험상 기억 속에 가장 깊숙이 각인되는 건 '사람과 맛'이다. 17년 전과 똑같은 멤버들에 동일한 메뉴까지, 고등학교 시절이 불현듯 소환되더니 없던 식욕이 '꽝!' 하면서 폭발했다. 소식주의자인 내가 난생 처음 짜장면 두 그릇을 뚝딱 해치웠다.

아아, 입안 가득 퍼지는 진한 MSG의 향기. 거기에 마취라도 되었던 것일까. 술이 거의 무한대로 들어가기 시작했다. 나는 술을 좋아하지만, 세다고는 말할 수 없는 편이다. 한껏 오버해서 술을 부어 담았으니, 제정신일 리 없었다. 일찍 대취(大醉)한 나는 친구들보다 조금 먼저 집으로 향했다. 술자리 내내 머릿속에서 맴돌았던 그 노래를 빨리 집에 가서 듣고 싶었던 탓도 있었다.

누구에게나 술 취하면 '땡기는' 노래들, 한두 곡쯤은 있는 법이다. 나에게 그 첫 번째는 무조건 윤상의 〈가려진 시간 사이로〉다. 심지어 노래방에 가서도 분위기 축 처지게 하는 데 안성맞춤일 이 곡을 꼭 부른다. 보너스로 동행들의 원성도 '득템'할 수 있으니 이거야말로 일석이조 아닌가.

그래도 마음속에 깊이 다짐하곤 하는 것이 있다. 가끔씩은 아무리 듣고 싶어도 좀 참고, 이 곡을 아껴줘야 한다는 거다. 이 세상에 지겨워지지 않는 곡은 없다. 음악평론가들은 이걸 음악 듣기에 있어서의 '피로감(fatigue)'이라고 부른다.

나는 더 이상 이글스(Eagles)의 〈Hotel California〉나 라디오헤드(Radiohead)의 〈Creep〉, 혹은 너바나(Nirvana)의 〈Smells Like Teen Spirit〉을 '찾아서' 듣지 않는다. 피로감이 극에 달한 곡들이기 때문이다. 이렇게 된 데에는 상황적인 맥락도 꽤 작용했다. 내가 먼저 나서지 않아도 이런 곡들은 음악 바 같은 곳에서 강제로 들을 수밖에 없다. 그러나 〈가려진 시간 사이로〉는 적어도 내가 능동적으로 듣지 않는 한, 그리 만날 기회가 많지 않다. 나만 참으면 되는 것이다. 나는 이 노래를, 죽을 때까지 아끼고 사랑할 생각이다.

아니다. 단지 곡을 뛰어넘어 윤상 음악 전체라고 말해야 할 것이다. 나의 90년대는 신해철과 더불어 윤상이 지배했다고 해도 과언은 아닐 테니까. 《배철수의 음악캠프》 대타 DJ를 그가 하게 되어 처음 인사하게 된 날, 나는 수줍은 소녀라도 되는 양 살포시 고개를 끄덕여 인사했다. 그리곤 방송이 끝난 뒤 집에 돌아가서 다시 윤상의 음악을 플레이했다. 세 시간은 족히 그의 음악만 들었던 것 같다.

윤상의 음악은 유독 말하기가 쉽지 않다. 워낙 다채로운 장르를 오갔고 여러 전자 악기와 녹음실에 대한 이해가 어느 정도는 뒷받침되어야 하기 때문이다. 여기에 그의 파트너라 할 박주연과 박창학의 존재감 덕에 자칫 잘못하면 '가사 분석'이라는 함정에 빠지기도 쉽다. 그에 관한 글을 쓸까 여러 번 망설였던 게 사실이다.

오해하지 말기를. 다른 뮤지션들의 음악이 상대적으로 쉽다는 뜻이 아니다. 이건 그러니까, 누군가의 음악적인 핵심이 어디 위치해 있느냐의 문제다. 쉽게 예를 들어볼까. 테크놀로지에 대한 경유 없이 윤상의 음악을 논한다는 건 박정현이라는 가수를 '가창력' 빼고 얘기하는 것과 거의 같은 의미다. 그의 경력을 살펴보면, '기술'에 대한 그의 집착은 가히 존경심을 불러일으킬 정도였다. 지금부터 이걸 살펴보려 한다.

신시사이저와 디지털 사운드에 관해서라면, 윤상은 '살아 있는 매뉴얼'과도 같은 뮤지션이다. 일단 전문용어 같은 건 다 제외하고 최대한 쉽게 접근해보겠다.

이를 위해서는 우선 음악이라는 예술에 대한 환상을 격파해야 한다. 음악이 무에서 유를 창조하는 마법이라는 환상, 시작은 0이었지만 천부적인 재능을 통해 그것을 100으로 끌어올릴 수 있을 거라는 환상. 이 모든 게 하나의 가정에서 비롯된다. 음악가의 대뇌피질에서 멜로디라는 것이 실타래 풀리듯 술술 나올 거라는 가정이다.

결론부터 말하자면, 이 가정은 반은 맞고 반은 틀렸다. 아니, 과거에는 어느 정도 들어맞았지만, 1990년대 이후로는 그렇지 않은 경우가 압도적으로 많아졌다고 하는 편이 적확할 것이다.

이러한 변화를 상징하는 인물 중에 하나가 바로 윤상이다. 비유하자면, 고전적인 멜로디 메이커에서 현대적인 레코딩 아티스트로의 중력 이동이라고도 말할 수 있을 것이다. 대개의 경우, 윤상은 전체적인 사운드를 먼저 건축한 뒤, 그에 맞는 선율을 쌓아 올린다. 그리고 여기에서 주목해야 할 것은, 그가 사운드를 '어떻게' 잡느냐에 있다.

소리의 4요소. 기억하는 이가 많지 않을 것이다. 소리의 4요소는 음고, 세기, 장단, 음색이다. 여기에서 음고는 높낮이를, 세기는 강도를, 장단은 길이를, 음색은 개성을 의미한다. 갑자기 왜 교과서적인 질문을 던지느냐 묻는다면 대답은 다음과 같다.

윤상이라는 뮤지션은 위의 네 가지 요소를 현미경처럼 해부하듯 들여다본 뒤 사운드를 조각하는, 천상 '레코딩 아티스트'이기 때문이다. 악기의 특성, 음향의 배치, 각종 이펙트의 효율적인 사용, 심지어 주파수의 미세한 조절에 이르기까지, 그는 고집스럽다고 할 정도의 장인적인 태도를 통해 사운드를 완성해낸다. 일례로 2009년 그가 작곡하고 강수지가 노래한 〈잊으라니〉의 연주 버전인 〈Tango Por Uno〉나 2014년에 공개한 〈날 위로하려거든〉을 품질 좋은 헤드폰으로 들어보라. 마치 신시사이저와 미디의 한계를 실험하는듯한, 황홀한 사운드스케이프를 만끽할 수 있을 것이다.

뮤지션들 사이에서도 정평난 그의 사운드 메이킹은 1998년 발표한 앨범《Insensible》에서 정점을 찍는다. 월드 뮤직과 일렉트로니카를 두 축으로 사운드의 가능성을 탐사한 이 음반은 윤상 마니아들이 꼽는 윤상 최고작 중 하나이기도 하다. 수록곡들 중에서는〈마지막 거짓말〉을 강추한다. 그런데 이 곡의 멜로디만을 쫓아서는 윤상 음악의 핵심을 놓치는 꼴이 된다. 그렇다면 무엇에 집중해서 청취해야 하는가.

"대체 이런 소리를 어떻게 프로그래밍하는지 모르겠다. 윤상 음악은 드럼 프로그래밍에서 일단 끝난다." 유희열의 제안처럼 드럼을 먼저 캐치하고, 소리의 공간을 포근하게 감싸는 건반을 들어야 한다. 물론 멜로디도 빼어나지만, 그것은 어디까지나 차후의 문제인 것이다.

반동(反動)이 없었던 것은 아니다.

2009년의 6집《그땐 몰랐던 일들》이 대표적일 것이다. 어쩌면 솔로 1, 2집 시절의 데자뷰를 느끼게 할 이 음반은 그 어느 때보다 아날로그적인 과정을 통해 만들어진 인상이 역력했다. 그러나 전체적인 반주는 여전히 전자 악기로 이뤄진 일렉트로니카였기에 크게 이물감이 들지는 않았다. 그보다 우리가 주목해야 할 것은 바로 이 앨범이 2003년의 갑작스러운 유학 이후 최초의 결과물이라는 시기적 맥락에 있다.

이 즈음에 그는 미국에서 '톤마이스터(tonmeister)' 과정을 밟고 있었다. 톤마이스터란 스튜디오에서 엔지니어가 해왔던 영역을 뛰어넘어 음향 전반을 두루 감독하는 직업을 뜻한다. 오케스트라로 비유하자면 지휘자의 역할과 유사하다고 할까. 즉, 다음과 같이 추측해볼 수 있을 것이다.

유학 시절 배우고 있던 것을 어떻게든 활용해보고 싶은 음악적인 욕구가 있었을 것이고, 그와는 별도로 유학이라는 것이 으레 그렇듯 음악을 막 시작했던 시절의 순수성에 대한 그리움도 있었을 것이라고. 또한 6집은 학생이라는 당시 신분과 예산 상의 문제로 그 규모가 축소될 수밖에 없었는데, 그게 도리어 활동 초기를 떠올리게 한 원동력이 되어주기도 한 것이다. 일례로 수록곡들 중 〈My Cinema Paradise〉를 들어보라. 1집이나 2집에 수록되어도 전혀 어색하지 않을 듯한 사운드 질감과 멜로디를 접할 수 있을 테니까.

그리하여 윤상 음악의 결정판은 2011년 공개한 20주년 기념 박스 세트였다. 박스 세트 따위 상술에 지나지 않느냐는 반론은 잠시 접어두기 바란다. 이 야심찬 프로젝트에서 윤상은 한 앨범을 각기 다른 버전으로 들을 수 있는 방식을 취했다. 발매 당시의 오리지널 소스와 리마스터링한 소스를 별도로 구성한 것이다. 리

마스터링은 간단하게 '소리의 업그레이드'다. 세월에 풍화된 낡은 소리를 지금의 기술에 걸맞게 탈바꿈하는 것이다. 그러니까 '같은 앨범, 다른 사운드'를 비교해서 청취하는 기쁨. 요컨대, 윤상이라는 아티스트의 음악적인 페르소나를 파악하려면 이보다 더 좋은 방법은 없을 것이다.

지금까지 오로지 사운드에 대해서만 논하고 박창학의 가사에 대해서 한 줄도 쓰지 않았다. 결례일 것 같아 간략하게만 첨언해 본다. 박창학의 노랫말이 없었다면, 윤상의 음악은 그토록 오랜 생명력을 획득하지 못했을 것이다. 대중음악은 어디까지나 누군가가 '따라불러줄 때'에만 존재 가치를 확보할 수 있는 까닭이다.

윤상의 음악을 한 시대의 사운드 텍스처에 한정된 것이 아닌 세대를 초월하는 노래가 될 수 있게 하는 것. 단지 테크놀로지가 아닌 감수성의 영역으로 육박할 수 있게 해주는 것. 그리하여 윤상이라는 뮤지션이 소리의 공학도를 넘어 음악 '작가'로서의 지위를 누릴 수 있게 해주는 것. 박창학 가사의 근원적인 힘이 바로 여기에 있다.

모든 작가들에게는 근원적인 공간이 있다. 그 공간을 마치 내 몸처럼 장악하고 부릴 수 있을 때, 그 누군가는 작가가 된다.

윤상에게 그 공간은 사운드가 탄생하는 곳, 즉 스튜디오가 되는 셈이다. 장담컨대, 전자 악기를 통해 어쿠스틱에 버금가는, 아니 때로는 능가하는 감동을 전달할 수 있는 아티스트는 그리 많지 않다. 2014년, 〈날 위로하려거든〉을 향해 쏟아진 찬사를 보라.

그는 가히 한국대중음악계의 '위대한 예외'이다.

윤상 4집 《이사(移徙)》(2002)

우리 집의 역사는 곧 이사의 역사였다.

중학교를 졸업하고 길음동으로 이사를 가서 고등학교 3년을 보냈는데, 가세가 기울어진 이후로는 그저 이사, 이사, 또 이사였을 뿐이다. 나만큼 서울 전역을 돌아다니며 가족과 함께 월세방을 전전했던 경우가 또 있을까. 지하철 노선도를 펴고 고등학교 이후 내가 살았던 동네를 쭉 한번 찾아본다. 대충만 훑어봐도 열 군데가 훌쩍 넘는다. 지금 그 동네들은 어떻게 변했을까. 언제 시간이 나면 나의 역사를 되돌아볼 겸 투어라도 한번 해볼 생각이다.

2002년 월드컵이 한창이었을 때 우리 집은 또 이사를 가야 했다. 이번에는 신림동이었다. 학교를 마치고 집으로 가는 길. 신림역에 내렸는데, 우와 이건 별천지네. 홍대 앞 못지않은데? 이런 데서 살면 그래도 좀 괜찮겠다 싶은 마음에 발걸음도 가볍게 집으로 향하기 시작했다.

10분이 지났을까? 집이 나타나질 않는다. 내가 너무 돌아왔나? 다시 되돌아가 재차 확인. 아니다. 어머니가 그려준 약도에 의하면 여기를 지나야 집은 보일 터였다. 끊임없이 사방을 확인하면서 다시 걸어간다. 다시 10분 정도 지났을까. 드디어 어머니가 말한 집과 유사한 형태의 건물이 눈에 들어온다.

초인종을 누르고 잠시 뒤, 하얀 목장갑을 낀 부모님이 나온다.

"이삿짐 센터라도 부르지 그랬어?"

두 사람 모두 묵묵부답. 그 대답의 의미를 난 잘 알고 있다. 더 이상 캐묻지 않고 현관문을 열고 새집으로 드디어 입성한다. 과연, 예상 그대로다. 세 사람이 겨우 살 만한 공간에 이런저런 생필품들이 거대한 레고 블럭처럼 쌓여 있다. 더 좁아졌고, 더 낮아졌다. 더도 아니고 덜도 아닌, 우리 집의 상황에 딱 맞는 공간이었다.

사람이 공간을 만들지만, 결국 사람을 만드는 건 공간이라고 생각한다. 어떤 공간에서 주거하느냐에 따라 그 사람의 성정은 변화한다.

이 시절의 나는 습하고 어두운 인간이었다. 집에 들어가기가 싫어 아르바이트를 하던 음악 카페나 친구 집에서 자는 밤이 계속됐다. 어머니의 얼굴은 보기도 싫었다. 우리 집 재산을 조금씩 까먹더니 결국 빈털터리가 되어버린 건, 모조리 그녀의 책임이라는 분노를 삭이지 못했다.

나는 지금도 어머니의 전화를 잘 받지 않는다. 자꾸 그녀를 탓하게 되는 내 자신이 미워서다. 화성의 요양원에서 지난 세월을 한탄하는 아버지의 얼굴을 떠올리고 싶지 않아서다.

이사 간 첫날, 도저히 잠이 들지 않아 앨범 한 장과 CD 플레이어를 들고 새벽에 집을 나왔다. 윤상의 〈이사〉가 듣고 싶었다. 이 곡에서의 이사는 우리 집의 이사와는 천양지차였지만 그래서 이 곡이 좋았다.

사람은 가끔씩 헛되고 꿈같은 희망 하나에 매달려 살아가고는 한다. 이 곡을 들으면서 언젠가 내가 갖게 될 내 집의 풍경을 상상해봤다. 되돌아보니 그때 간절히 바랐던 건 오직 하나였던 것 같다. 이 곡의 가사처럼 "한낮의 햇빛이 커튼 없는 창가에 눈부신" 집이었다.

오늘도 우리 집에는 햇볕이 참 잘도 드리워진다.

이별을 경험한 사람만이 알 수 있는 것

낭만의 덫에서 벗어난 진짜 음악가 · 이소라

계절은 언제나 바람과 함께 먼저 온다. 바람, 다음에 계절이다. 봄, 여름, 겨울, 그리고 가을.

가을바람은 유난히 지독하다. 가을은 바람과 함께 도착해서 두근두근 사람 마음을 흔들어놓더니, 언제 그랬냐는 듯 겨울과 함께 사라져버린다. 신해철은 '바람 부는 날이면 압구정동에 가야한다'고 노래했다. 아니다. 신해철에게는 미안하지만, 바람 부는 날에는 이소라의 음악을 들어야 한다. 가을에는 더욱 그렇다.

가을바람 느껴지면, 이소라의 〈바람이 분다〉를 플레이한다. 비단 나만의 오랜 습관은 아닐 것이다. 이소라의 음악은 바람 그 자체다. 그가 〈바람이 분다〉를 처음 발표한 2004년, '결국엔 올 것이 왔구나' 하는 느낌을 받았다.

이 음악을 듣고 눈물 지을 무수한 청춘들을 생각했다. 사실 남걱정할 처지가 아니었는데. 그쯤이면 나도 처절한 솔로부대의 일원이었다. 〈바람이 분다〉를 들으면서 아픔을 아픔으로 치유했다.

이 점이 중요하다고 생각한다. 아픔을 아픔으로 어떻게든 달래

보는 것. 이소라 음악의 핵심이다.

여기, 두 가지의 음악이 있다. 낭만과 서정의 음악이다. 전자의 효과는 빠르고 직접적이다. 마취제처럼 우리의 감성에 곧장 작용해 "걱정하지 마, 잘될거야."라며 달콤하게 속삭인다. 그런데 사실 이 험난한 세상에 그리 쉽게 잘될 리가 있나.

거짓 위로요, 상업주의의 극단이라고도 말할 수 있는 낭만의 음악은 '긍정주의'를 음악적으로 전이한 버전이라는 점에서 지극히 위험하다. "천 번은 흔들려야 어른이 된다" 따위의 사탕발림이나 매한가지인 것이다. 아니, 천 번을 흔들리면 공황이 온 거나 마찬가지인데 그걸 왜 "나는 청춘이니까 괜찮을 것"이라고 되뇌면서 일방적으로 참아내야 하나. 지금처럼 아픈 세상을 만든 건 이십대가 아닌 기성세대의 책임이다. 그런 세계가 반강제적으로 주어진 마당에 당사자들을 향해 참고 견뎌라? 지나가던 개가 웃을 일이다.

이 낭만의 층위를 지나 존재하는 것. 이게 바로 서정의 음악이다. 나는 조금 전에 이소라 음악의 정수가 '아픔을 아픔으로 달래 보는 것'이라고 강조했다. 앞서도 말했듯이 긍정의 음악은 아픔을 마취시켜 잊게 해준다. 현실이 아닌 환상을 제공하는 것이다.

서정의 음악은 그렇지 않다. 서정의 음악은 듣는 이들에게 아픔을 직시하라고 말한다. 아픔을 외면하는 것이 아니라 아픔을 어떻게든 끌어안고 그것을 견뎌내면서 살아가는 게 우리네 인생이라고 얘기한다. 그러니까, 마취제가 아닌 각성제로써의 음악이다.

이소라의 음악이 그러하다. 언뜻 듣기에, 이소라의 음악은 참 낭만적으로 다가온다. 이건 그의 음악적인 형식이 대부분 발라드나 재즈에 빚지고 있기 때문이다. 그러나 그 노랫말을 세심하게 곱씹어보면, 이소라 음악에서의 화자가 얼마나 '처절한 상황'에 놓여 있는지를 알 수 있다. 이를테면 다음과 같은 가사다.

> 검은 밤이 내 진의를 숨쉬게 하면 / 얕은 잠이 새 밀화를
> 꿈꾸게 하면 / 음험한 얘기들 못내 그리고 / 선행의 시간들
> 다 멈추니 / 내 고귀한 이성이 매를 높이 들어 / 나를 병들게
> 해 숨이 막히는 죄의식 / 저 원칙의 엄숙이 자를 높이 들어 /
> 나를 미치게 해 줄에 매인 시간들
>
> – 〈금지된〉 (3집 《슬픔과 분노에 관한》)

'줄에 매인 시간들'이라니. 슬픔에도 스케일이 있다면 이것은 대규모다. 원칙과 이성이 지배하는 이 세계에서 화자의 죄의식은 사라지지 않는다. 음험한 얘기들이 허락되지 않는, 고로 나는 병들어간다. '금지된'의 뒤에 붙어 있는 명사는 아마도 '사랑'이리라.

작사는 당연히 이소라가 했다. 작곡은 정재형이다. 정재형은 '베이시스' 시절부터 이런 유의 곡 만들기에 특별히 능숙했다. 코드 진행부터 편곡까지 누가 들어도 정재형표 음악이다.

그는 음악으로 한편의 비극을 쓰고자 한다. 여기에 이소라의 탁월한 가사쓰기와 독보적인 목소리가 더해지면서 명곡 하나를 완성해냈다. '줄에 매인 시간들'이라고 노래하는 순간 이소라는 그리 특별할 것 없는 단어들의 조합으로 거의 시적 발화에 육박하는 설득력을 폭발시킨다. 시적인 것에 대해 나는 아는 바가 많지 않다.

그래서 존경하는 문학평론가 신형철의 이소라 가사론(論)을 그의 책 《느낌의 공동체》에서 일부 빌려와본다.

> 이소라는 흔한 소재들을 평범하고 순한 단어들로 노래할 뿐인데도 어떤 히스테릭한 깊이에 도달하곤 한다. 그의 노랫말에 은은히 흐르는 리듬감은 특히 일품이다. 그는 아마도 발라드 장르에서 각운(脚韻, rhyme)을 배려하는 거의 유일한 작사가일 것이다.
>
> -《느낌의 공동체》(문학동네, 2011)

밀란 쿤데라의 말을 조금 바꿔 진짜 음악가는 낭만성의 덫에서 벗어날 때 탄생한다고 믿는다. 이소라가 바로 대표적인 경우다. 이소라의 음악은 도무지 하나의 이미지로 정의되지 않는다. 쓸쓸하지만 가득 차 있고, 따뜻하지만 텅 비어 있는 듯한 음악이라고 할까. 그도 아니면 우아하게 몽상할 줄 아는 음악이라고도 말하고 싶다. 이소라의 목소리에는 뭐랄까, 묘한 '위엄'이나 '기품' 같은 것이 서려 있다. 이를 통해 이소라는 그 어떤 스타일의 곡을 부르든 목소리로써 자기 음악의 서명을 완성해낸다. 90년대 이후 대한민국 가요계에서 장필순 정도를 제외하고는, 이런 '여' 가수를 나는 본 적이 없다. 아니, 성별과는 관계없이 이런 게 바로 진정한 의미에서의 가수다.

이 위엄과 기품, 독자적인 가사쓰기 덕분에 다소 뻔한 진행의 노래를 부를 때에도 이소라는 그것을 특수한 체험의 위치로까지 끌어올린다. 듣는 이들은 이를 통해 정서적 듣기를 넘어서 성찰적 듣기를 요구받는다. 그리하여 낭만과 정서적 듣기라는 함정에 빠지지 않고, 자기의 현재 삶을 자연스럽게 되돌아본다. 이렇게 서정적인 음악은 일방통행하지 않는다. 쌍방향으로 소통하면서 의미들을 끊임없이 창조해낸다. 작년의 〈바람이 분다〉와 올해의 〈바람이 분다〉가 조금이지만 확연히 다르고, 그래서 새롭다.

바람이 분다 / 서러운 마음에 텅 빈 풍경이 불어온다 / 머리를 자르고 돌아오는 길에 / 내내 글썽이던 눈물을 쏟는다 / 세상은 어제와 같고 시간은 흐르고 있고 / 나만 혼자 이렇게 달라져 있다 / 바람에 흩어져 버린 허무한 내 소원들은 / 애타게 사라져간다

- 〈바람이 분다〉 (6집 《눈썹달》)

이 글을 쓰고 있는 2014년의 〈바람이 분다〉와 2005년 이 세상에 나 홀로 남겨진 것 같았을 때 들었던 〈바람이 분다〉는 말 그대로 천양지차다.

낭만적인 음악이었다면 섣부른 낙관주의를 미끼로 유혹했을 것이다. "곧 누군가 좋은 사람이 나타날 것"이라고. 이소라는 거짓 위로하지 않는다. "세상은 어제와 같고, 시간은 흐르고 있고, 추억은 다르게 적힌다"라고 내면의 격랑을, 그 엇갈림과 사무침을, 자신에게 남겨진 단 하나의 진실을 고통스럽게 토해낸다.

장밋빛 미래 따위 존재하지 않는다. 다만 괴로운 현재만이 도돌이표처럼 중첩되어 쌓여갈 뿐이다. 그야말로 진짜 이별인 것이다. 자전하는 슬픔 속에서 이소라는 이별과의 전면전(全面戰)을 불사한다. 이 와중에 희망 따위 존재할 리 없다.

낭만의 한계를 넘고 서정에 육박한 뒤, 이소라의 음악이 숭고

함에까지 도달하는 지점이 바로 여기에 있다. 희망은 언제 숭고해지는가. 희망, 희망이 없을 때 가장 숭고해진다. 소중한 의미를 지녔던 무언가가 점점 색이 바래고 소멸되어 갈 때 희망은 그와 반비례하며 간절해진다. 흥미로운 사실은 적어도 이소라의 노래 속 화자의 경우, 고통스러운 현재를 호소할 때에도 그것이 치유되기를 바라지 않는 것처럼 보인다는 점이다. 아니, 더 나아가 그들은 적극적으로 그 증상을 '향유'하는 것처럼 보이기도 한다.

그런데 실상은 우리 모두가 그렇지 않은가. 사랑과 이별이라는 과정 속에서 우리 모두는 피해자인 동시에 가해자다. 죄의식에서 벗어날 수 없음을 알기에 차라리 이별 뒤의 증상을 향유하면서 조금이라도 떳떳해지기를 욕망한다. 에로스와 타나토스는 마치 좌심방과 우심방처럼 서로의 슬하에서 왕복 달리기를 할 뿐이다. 사랑인가 싶어 기뻤더니, 차라리 헤어지고 죽어버리자는 심정의 이별이 성큼 찾아와 있다. 여기가 바로 지옥이다.

몇 가지 예시들. 이소라의 5집 《Sora's Diary》(2002)를 보면, 〈데이트〉 뒤에 〈외톨이〉가 위치해 있다. 2집 《영화에서처럼》(1996)에서는 〈청혼〉 뒤에 〈화〉가 놓여 있으며, 4집 《꽃》(2000)에서는 〈제발〉 뒤에 〈그대와 춤을〉이 이어진다. 우연이라고 반론할 수 있을 것이다. 그러나 같은 이유로 무의식의 반영이라고 추측할 수 있다.

이소라의 음악은 늘 이런 식이다. 장르와 스타일, 가사의 주제

등, 모든 면에서 철저하게 '일관성'이 결여되어 있다. 재즈적인 〈청혼〉과 록적인 〈화〉 사이의 음악적인 간극, 심지어 3집 《슬픔과 분노에 관한》(1998)에서는 영롱한 발라드 〈믿음〉과 으르렁대는 창법의 〈피해의식〉이 하나의 앨범에 동거한다.

이렇게 극단을 달리는 콘트라스트가 그에게 강렬한 예술가적 이미지를 부여해준다. 진짜배기 예술가들이 대개 이렇다. 0에서 100까지의 숫자로 표현해볼까. 평범한 우리들이 50 내외에서 진자 운동을 한다면, 예술가들은 0이라는 현실의 밑바닥에서 진흙 투성이인 채로 포복하더니, 그것을 갑자기 100으로 끌어올리는 기이한 재능을 휘두른다. 희망이 없을 때 희망이 가장 숭고해지는 것과 마찬가지 이치다. 이걸 본능적으로 체화하고 있는 부류를 우리는 보통 '예술가'라고 부른다.

7집(2008)에서 이소라는 아예 제목을 삭제해버렸다. 숫자로 호명되는 곡들 속에서 이소라는 외로워진 만큼 더 따스해졌다. 발라드, 블루스, 보사노바, 모던 록을 오가면서 운명으로써의 혼자됨을 담담하게 읊조리고 노래한다. 그는 아름다운 말을 쓰는 게 아니라 말을 아름답게 쓸 줄 안다.

〈트랙 7〉을 들어보라. 노래 속 화자는 극심한 외로움 속에서 약에 의지해 겨우 잠을 청한다. 그 위를 흐르는 사운드는 비단결처럼 우아하다. 사운드와 가사가 각각 상극에 자리하면서 만들어내는 이 뜨거운 합선(合線)의 거리가 곧 이소라의 음악을 사유하는 시간이다. '죽은 그가 부르는 노래'이자 음악적으로는 피아노 발라드에 해당되는 〈트랙 8〉의 역설은 또 어떠한가. 그리하여 이 앨범은 찬가인지 애가인지 애매모호한 순간들을 여러 차례 길어 올린다. 이러한 방법론을 통해 인상적인 페이소스를 획득하는 데 성공한, 그런 작품이었다.

이소라는 이후 예민하고 섬세하게 노래해야 하는 곡들을 점차 줄일 생각이라고 밝혔다. 갑작스러운 리메이크 앨범 《My One And Only Love》(2010)는 그래서인지 그간 이소라의 디스코그라피 중 가장 편안하다는 인상을 줬다.

그러나 2014년 공개된 《8》은 또 달랐다. 강렬한 록 비트로 울부짖듯 노래한 이 음반은 〈금지된〉이나 2집의 〈화〉의 확장판 같은 인상을 줬다. 더 단호하고 더 절박해진 노래들이 이어졌다. 전체적으로 이 두 가지 정서가 끊임없이 충돌하면서 정서적인 긴장감을 던져주는 앨범이었다. 하지만 이소라가 본격적으로 록을 했다는 사실 자체에서 오는 파격보다는 그저 록이라는 장르의 컨벤션 정도에 머물고 만 것이 아닌지, 의심스러운 순간들이 종종 있었던 게 솔직한 감상평이다.

그럼에도 확언할 수 있는 것 한 가지가 있다면, 이소라는 여전히 종잡을 수 없는 뮤지션이라는 점이다. 《8》 역시 이소라의 디스코그라피 내에서 비교당했기에 그런 평가를 받았을 뿐이지, 그 자체의 완성도가 현격하게 떨어지는 것은 아니었다. 적어도 그의 차기작은 또 어떤 만듦새로 우리를 놀라게 할지, 이소라라는 뮤지션에 대한 궁금증이 사그라지지는 않았다는 의미다.

내가 생각하기에 아티스트에게 의무가 있다면, 흥미롭고 매력적인 존재가 되어야 할 의무밖에는 없다. 어떤가. 이소라라는 존재가 우리에게 그렇지 않은가. 앞으로도 그는 지금까지 그래왔던 것처럼 더욱 넓으면서도 자유로워질 것이다. 과연 그는 바람 같은 아티스트다.

이소라 2집 《영화에서처럼》(1996)

첫사랑이었다. 물론 중학교나 고등학교 때의 사랑도 있었지만 그 것은 외사랑이거나 풋사랑이었으니 여기에서는 논외로 치자.

전주 출신의 그 아이는 키가 작았고, 예쁘장한 얼굴을 하고 있었다. 그러나 먼저 눈길을 끈 건 외모가 아니었다. 도무지 경험한 적이 없는 독특한 패션과 몸짓에 나는 그만 홀리고 말았다.

그러나 나는 그렇게 쉬운 남자가 아니다. 속마음을 들키는 일 따위 내 사전엔 없는 법인 것이다. 그래서 그 아이에게 조금은 못되게 굴었 다. 그 아이의 표현을 그대로 가져오자면, 구박이 하늘을 찔렀다.

그런데, 맙소사. 카페로 나를 부른 그 아이가 먼저 나를 좋아한다고 고백을 하네. 오, 신이시여. 감사합니다. 나쁜 남자가 인기가 있다더니 그게 정말이었군요. 제 온 정성을 다해 당신을 찬양합니다.

그렇게 1996년 겨울부터 제대로 된 의미에서의 연애가 시작됐다.

첫 연애가 그렇듯 우리는 거의 매일 만났다. 그 당시는 우리 집안의 경제가 거의 최악이었던 상황. 아르바이트를 해서 학비를 내기도 간 당간당하니, 데이트 비용은 대개가 그 아이의 부담이었다. 다행인건, 내가 알기로 그 아이의 집 형편이 꽤나 괜찮았다는 점이다. 재벌급은 아니었지만, 식사와 커피 값 중에 식사를 그 아이가 내고 커피를 '아주 가끔씩' 내가 냈다. 그 정도로 돈이 없었지만, 우리는 매일 만났고, 천 천히, 마치 사랑학 교과서에 나오는 것 마냥 아주 천천히 서로에게 지

쳐갔다.

1년 뒤에 내가 차였다. 오 마이 갓. 내가 차이다니. 그래, 너 어디 한 번 잘 사나 두고 보자. 내가 앞으로 연락 싹 끊고, 너한테는 눈길도 안 줄 것이다. 는 개뿔. 울고불고 매달리는 시간들이 이어졌다.

그 아이는 요지부동이었다. 피도 눈물도 없는 것 같으니. 이번에는 구박이 아니라 원망이 하늘을 찔렀다. 내가 대체 왜 버림받아야 하는지를 수도 없이 묻고 또 물었지만, 그 아이는 묵묵부답이었다. 결국 아픔을 해결해준 건, 시간과 그 시간 속에 머물렀던 음악이었다.

내 기억에 이소라의 2집은 그 아이가 나에게 준 선물이었다.

헤어진 뒤에 〈기억해줘〉라는 곡을 몇 번이나 들었는지, 헤아릴 수조차 없다. 이별 노래는 심하게 말하면 귀에 걸면 귀걸이요, 코에 걸면 코걸이가 된다. 게다가 팝송이 아닌 가요라면 상황은 더욱 심각해진다. 들리는 거의 모든 노래가 어쩜 이리 내 상황과 똑 맞아떨어지는지, 모세가 홍해를 건너는 기적 이상이 있다면 바로 이것이 아닐까 싶을 정도다. 이 곡 뒤에 이어지는 〈청혼〉은 그래서 언제나 스킵 1순위였다. 노래에는 죄가 없는데도 괜히 이 곡이 밉고 싶었다. 차라리 〈화〉를 듣고 이별 이후의 분노를 마음껏 토해내는 게 나았다.

사실 그 아이에 대해서 함부로 말하지 못한다. 헤어진 이후 학교를 떠난 그 아이는 이내 소식이 끊겨버렸다. 다시 그 아이의 소식을 들은 건 그로부터 한참이 지난 뒤였다. 그 소식을 듣고는 한동안 충격에서 헤어 나오질 못했다. 그 아이가 느꼈을 고통을 미루어 짐작해보려 했지만 그건 불가능한 일이었다. 그리고 아주 오랜 시간이 흐른 뒤, 그 아이를 다시 만나게 되었다. 아파 보였고, 힘들어 보였다. 평생 무거운 짐을 짊어진 채 살아야 하는, 그런 얼굴을 하고 있었다.

자세한 사정을 적는 것은 그 아이에 대한 예의가 아니므로 적지 못한다. 다만 한 가지, 내가 이렇게 노래 제목처럼 함께했던 그 시절을 잊지 않고 기억하고 있다는 것만큼은 알아주기 바란다.

기억이란 액세서리와 같아서 나쁜 추억 따윈 다 버리고 좋은 추억만을 간직하고 있다는 걸 알아주기 바란다. 감히 이겨내지는 못해도 어떻게든 버티라고 말해주고 싶다는 걸, 부디 알아주기 바란다.

우리가 바라는 진짜 삶은 어디에 있는 걸까

현실과의 긴장이 만들어낸 음악 · 허클베리 핀

1990년대 후반, 연세대학교 앞 신촌은 수많은 '음악 바'들의 춘추전국시대였다. 음악 좀 좋아한다고 자부하는 많은 청년들이 부나방처럼 이곳으로 모여들어 음악에 맞춰 고개를 흔들며 춤을 췄다. 좌석이건 입석이건 별 상관은 없었다. 간편하게 손에 들고 마실 수 있는 병맥주를 연료로 삼아 밤을 지새우다 보면, 결국 자리 따위는 문제되지 않았으니까. 내가 그 전장으로 뛰어든 건, 대학교 1학년을 마친 1996년 겨울의 어느 날이었다.

여기는 신촌 창천 초등학교 돌담 부근의 고깃집 골목. 간판을 먼저 살펴본다. 가게 이름이 JFK. 미국 대통령이 아니라 J(ohnny) F(orever) K(urt)라는, 황당무계한 단어들의 조합. 해석하자면 "섹스 피스톨스(Sex Pistols)의 보컬 조니 로튼(Johnny Rotten)과 너바나(Nirvana)의 커트 코베인(Kurt Cobain)이여, 영원하라!"니, 아무리 펑크의 시대였어도 처음엔 이게 뭔가 싶었던 게 사실이다.

신촌의 이곳에서 정말 수많은 일들이 있었다. 학교 출석은 패스, 점심부터 눌러앉아 아르바이트를 하면서 음악을 틀고 서빙을 봤다. 심지어는 가끔씩 안주도 만들었으니, 이 정도면 가히 아르바이트계의 추신수, 파이브 툴(5-Tool) 플레이어라고 찬사를 받을 수준이었다.

그렇게 정신없이 하루하루가 지나가던 어느 날, 어떤 사람이 가게 문을 열고 들어왔다. 일단 키가 크고, 얼굴도 잘생겨서 누구에게라도 주목 받을 만큼 멋진 남자였다.

그런데 이 남자, 뭔가 좀 위험해 보였다. 확실한 기억은 아니지만, 세상을 정면으로 부수려는 공세를 몸속에 겨우겨우 감추고 있는 느낌이었다. 이것은 당시 그의 음악에서도 그대로 표출되고 있었는데, 그즈음 발표했던 몇몇 곡들은 당시 그가 느꼈을 절망과 세상을 향한 분노를 직접적으로 증언하고 있었다. 이후 나는 음악 바에서 만난 또 다른 선배의 손에 이끌려 지금은 사라진 라이브 클럽 '스팽글'에서 그들의 라이브를 봤고, 이내 팬이 되어버렸다.

이기용. 그리고 밴드 허클베리 핀. 아는 사람은 알고, 모르는 사람은 모르는 인디 신의 베테랑. 1998년 데뷔한 이래 그들은 다섯 장의 앨범을 내놓았고, 예외 없이 비평적 찬사를 받았지만 커다란 상업적 성공과는 인연이 없었다. 그럼에도 그들의 음악을 논해야 하는 이유. 그건 그들의 음악이 현재 우리 대중음악의 주류가 상실해버린 그 무언가를 지니고 있기 때문이다. 나는 그걸 '세상이라는 현실과의 긴장'이라고 부른다.

황량한 음악을 위한 담론만이 넘쳐나는 이 시대에 허클베리 핀 음악의 생존가(價)를 설명하는 일은 사상가 발터 벤야민(Walter Benjamin)의 유명한 선언의 주어를 영화에서 음악으로 바꿔보는 것으로 시작해야 한다(라고 나는 언제나 확신해왔다).

"음악이 현실을 피해가려 할 때, 결국에 그건 파시즘을 미학적으로 다루는 일"일 뿐이다. 허클베리 핀의 음악이 왜 평단과 팬들 모두에게서 '좋은 음악'으로 공증 받고 있는가. 거기에는 다름 아닌 '현실과의 긴장'이 존재하고 있기 때문이다. 대표적으로는 2집에 수록된 〈사막〉이나 3집의 〈불안한 영혼〉, 4집에 실린 〈내달리는 사람들〉, 〈그들이 온다〉, 〈죽은 자의 밤〉 등이 그러했다.

그러나 음악은 문학이나 시가 아니다. 언어만으로는 설명할 수 없는 사운드가 요철처럼 들어맞을 때, 음악은 스스로의 중심을 잡는다. 그래서 몇 년 전, 5집 《까만 타이거》(2011)의 수록곡들인 〈Girl Stop〉이나 〈쫓기는 너〉를 처음 들었을 때, 나는 허클베리 핀에 대한 나의 판단이 결코 틀리지 않았음을 다시금 확신할 수 있었다. 그래서 트위터에다 대고 '폭트'를 날렸던 기억이 생생하다.

멜로디가 살아 있는 '굿 송'에 대한 허클베리 핀의 고집이 선연하게 느껴진 까닭이다. 폭트에 대해 답변을 보낸 (허클베리 핀의 음악을 처음 들어본) 트친들의 반응도 비슷했다. "록 음악인데, 멜로디가 정말 좋네요." 그리고 이어지는 나의 멘션. "음악이 맘에 드셨다면, 가사도 꼭 찾아보세요."

이제 가사를 논할 차례다. 문학평론가 신형철의 언어를 빌려와 얘기하자면, 허클베리 핀의 가사는 "현실을 반영하는 것이 아니라 현실을 먹는다. 이를 테면 거울이 아니라 위장"이다.

당대 현실의 세목(細目)들을 순서대로 나열해 반영하는 것은 결코 좋은 가사가 아니다. 그것을 조금은 빠르거나 느린 속도로 조절해 소화해내는 것이 좋은 가사인 것이다. 소외된 자들의 연대를 강조하는 〈비틀브라더스〉, "세계는 나에게 말했지… 너무 두려웠지… 노란 숲으로 나는 날아가네"라는 가사로 시적인 울림마저 일궈내는 〈숨 쉬러 나가다〉 등이 이를 대변해주는 노래들이다.

세계의 부조리를 향한 처절한 외침을 들을 수 있는 〈폭탄 위에 머물다〉도 마찬가지. 7분에 달하는 타이틀 곡 〈까만 타이거〉에서는 곡 제목으로 상징되는 빛나는 메타포를 통해 우리 모두가 꿈꾸는 그 어떤 이상향을 노래하고 있다.

2007년 인터뷰에서 이기용은 "사회의 주변부로 밀려난 사람들은 과거의 내 모습이기도 하다. 이런 현실 속에서 사랑과 희망만 있다고 하는 건 가식일 뿐"이라 말했는데, 1집부터 현재까지 허클베리 핀 음악에 있어 변하지 않은 것이 있다면 바로 이것이다.

언제나, '우리가 바라는 그 어떤 진짜 삶은 지금과 여기가 아니라 그 어딘가와 언젠가에 있음을' 허클베리 핀과 이기용은 잘 알고 있는 것이다.

음악에 있어 무엇이 얼마만큼 변했냐는 것은 상대적으로 중요한 일이 아니다. 조금 전에도 언급했듯이 언제나 선결되어야 하는 것은 '안 변한 것이 무엇인지'를 알아내는 것이고, 모든 예술에 있어 사람들은 이것을 '진정성'이라고 불러왔다. "우리의 음악이 주류로 진입하기는 힘들다"는 것을 긍정적으로 인식한 허클베리 핀은 협소한 영역 안에서 깊게 침투해 들어가는 쪽으로 방향을 바꿨다. 즉, 수평적 포괄이 아닌 '수직적 예리'로써 자신의 존재가치를 증명하는 음악. 망원경이 아닌 내시경의 음악. 전망이 아닌 심연을 줌인하는 음악.

이기용의 창조적인 기타 리프 만들기와 마치 그림을 그리는 듯 다채로운 테크닉을 선보이는 이소영의 보컬 능력, 그리고 근 15년간 단련되어 특출한 밴드 하모니는 더 말해 무엇하랴. 몇 년 새, '핵심을 찌르는 로큰롤'을 수시로 강조했던 허클베리 핀은 언제나 자신들이 추구하는 음악적인 요령(要領)을 완벽하게 점령해냈다.

그중에서도 2007년 공개한 4집 《환상… 나의 환멸》(2007)과 《까만 타이거》(2011)는 어쩌면 단면적일 수도 있는 로큰롤 어법이 멤버들의 재능에 따라 얼마든지 다채로운 색조를 띨 수 있는지를 수록곡들을 통해 증명했다. 4집 이후 그들은 이기용, 이소영의 새로운 2인조 체제로 간소화되었는데 그것이 그리 낯설지 않게 다가오는 이유 역시 마찬가지였을 것이다.

허클베리 핀 음악의 압권은 단연 5집의 〈쫓기는 너〉에 그 방점을 찍는다. 탁월한 변주 능력과 마지막 부분에서의 중첩되는 코러스의 합창은 가히 로큰롤이 줄 수 있는 최대치의 카타르시스를 안겨준다고 하기에 부족함이 없는 까닭이다. 그러나 〈Girl Stop〉이 적시적소에 밀고 당길 줄 아는 밴드 하모니로 그 바통을 이어받지 않았다면, 그 감동의 크기가 다소는 줄었을지도 모를 일이다. 또한 〈비틀브라더스〉의 경우, 전반부와 후반부의 멜로디가 절묘하게 맞물리는 '로큰롤 송가'인데, 이 덕분에 현장에서 더욱 큰 설득력을 발휘한다는 장점을 지닌다.

만약 그들을 향한 나의 헌사가 다소 과하다고 느껴진다면, 다음과 같은 대답을 던지고 싶다. 지금까지 내가 글로 쓴 표현들은 결코 수사적인 상찬이 아니다. 나의 내면에서 발화되어 나온 그 어떤 불가피한 진심이다. 그러니까 나에게는, 음악에 대한 글을 통해서 객관과 보편을 말하려는 욕심이 없다. 솔직히 음악을 논하는 행위에 있어서 그런 것들이 가당키나 한 것일까. 요즘 들어 유난히 객관이라는 것의 허무함을 사무치게 절감한다.

일반인들이 음악평론가라는 존재에 대해 갖고 있는 가장 큰 오해도 바로 여기에서 발생한다. 나와 내 동료들이 처음부터 음악평론가를 목표로 상정하고 음악을 듣고 공부했을 거라는 점이다. 그러나 내가 알기로, "나는 죽더라도 음악평론가가 될 거야!"라는 불꽃같은 다짐과 함께 그것을 미래의 꿈으로 삼았던 경우는 단 한 사람도 없었다.

그들도 역시 당신처럼 음악듣기가 너무 좋아서 계속 듣다 보니, 어느 순간 음악에 대해 글을 쓰고 말을 하는 음악평론가가 되어 활동하고 있는 것일 뿐이다. 객관을 가장한 주관을 설득하고 있을 뿐이다.

이 글은 허클베리 핀의 음악과 가사가 하나가 되어 울리는 공명을 향해 발사하는, 나의 필사적인 러브레터다. 이 편지에는 보편적 진실이라고는 거의 없다. 다만 음악 애호가로서 나의 주관이 매혹적으로 담겨 있기를 바랄 뿐이다. 이걸 '취향'을 넘어선 '습관', '습관'을 넘어선 '안목'이라고 불러도 좋을 것이다. 내가 바로 그렇다는 자신감이 아니다. 다만 그러할 수 있기를 바라고, 또 바란다는 의미다.

간절한 마음으로 늘 껴안고 있었던, 평론가 고바야시 히데오의 경구로 이 글을 마친다. 책상 위의 벽에 크게 써서 붙여놓은 뒤, 틈이 날 때마다 곱씹는 명제이기도 하다.

사람들은 비평이라는 말을 들으면, 바로 판단이라든가 이성이라든가 냉안이라든가 하는 단어를 떠올리지만, 그와 동시에 애정이라든가 감동을 비평과 동떨어진 것으로 생각한다. 그런 식으로 생각하는 사람들은 비평에 대해서 아무것도 모르는 사람들이다.

허클베리 핀 5집 《까만 타이거》(2011)

후텁지근한 공기가 몸을 감싼다. 비좁은 실내에서 열악한 조명 아래 꽉꽉 들어찬 사람들. 처음 보는 낯선 풍경에 당황한 나는 함께 간 형 곁에 바싹 붙어 사주경계태세를 유지한다. 서울에서는 눈 감으면 코 베어간다는 말을 듣고 갓 상경한 시골 사람의 심정이 이러했으리라.

곧이어 등장한 허클베리 핀이라는 이름의 밴드. 얘기에 따르면 기타를 치는 밴드의 리더가 학교 과 선배란다. 그 말을 듣고는 긴장이 조금 사라졌지만, 그것은 나만의 착각. 공연이 끝나고 난 뒤에 만난 그는 아뿔싸, 그렇게 친절한 사람이 아니었다. 나처럼 사주경계태세가 태생적으로 몸에 배어 있는 타입이었다고나 할까.

그를 다시 만난 건 군대에 다녀오고 나서도 수년이 지난 후였다. 당시 다니던 음반사에서 나는 한국 밴드의 해외 매니지먼트를 해보자는 아이디어를 냈고, 그 첫 번째 후보로 떠올랐던 밴드가 바로 그가 리더로 있는 허클베리 핀이었던 것이다. 역시나 학교 과 선배인(대한민국은 인맥!) 음악평론가 김작가 선배가 전화번호를 알려줬고, 그가 운영하고 있는 바에서 그를 다시 만날 수 있었다.

매니지먼트 일이 잘 풀리진 않았지만, 이후에도 그와의 교류를 지속하면서 공연도 보고 술도 함께 마셨다. 깊이 얘기를 해보니까 그도 나만큼이나, 아니 나 이상의 아픈 과거를 갖고 있는 사람이었다. 행복한 사람의 표정은 비슷하지만, 고통을 겪고 있는 사람의 표정은 제각 각이라는 말이 있다. 그래서 행복보다는 타인의 고통에 마침내 공감 할 수 있을 때 사람들은 더욱 큰 친밀감을 느끼고는 한다. 그와 내가 그런 경우였을 거라고 나는 지금도 믿고 있다.

허클베리 핀의 음악은 뭐랄까. 그의 개인사를 꼭 빼닮았다.

예를 들어 그들의 데뷔작 《18일의 수요일》(1998)과 바로 5집 《까만 타이거》를 비교해 들어보라. 나는 '성숙'이라는 말이 왠지 진부한 클리 세 같아서 쓰기를 주저하지만, 그가 주도해온 허클베리 핀의 음악에 만큼은 이 단어를 선택할 수밖에 없다.

세상을 향한 분노로 가득찼던 1집을 지나 5집에까지 도달하면서, 그는 한 가정의 가장이 됐고, 세상에서 가장 예쁜 딸을 얻었다. 든든한 동료들도 곁에 두었다. 그래서일까. 5집은 허클베리 핀의 디스코그라 피 중 가장 '업'되어 있다는 인상을 주는 게 사실이다.

그러나 그는 이 앨범에서도 신자유주의라는 패러다임이 몰고 온 불합리한 세계에 대한 냉철한 응시를 멈추지 않았다. 극한의 생존경 쟁이 심지어 '미덕'으로 권유되고 있는 이 사회가 과연 옳바른 방향으 로 가고 있는 것인지를 묻고 또 묻는다.

동시에 그는 생의 경계 밖으로 밀려나가 쓰러지고 그을린 주변부 를 노래함으로써 소외된 이들을 위로하기 위해 최선의 경주를 다했다.

그가 시청 앞 광장에서, 용산에서, 제주 강정에서 그의 밴드와 함께 노래한 이유다. 도대체가 이걸 성숙이라는 말 외에 다른 어떤 언어로 표현할 수 있겠는가. 감히 단언컨대, 나는 그의 이러한 태도가 변치 않을 것이라고 확신한다. 그리고 그러한 이상, 언제까지나 허클베리 핀의 음악을 지지할 것이다.

너바나(Nirvana)_ 1989년 데뷔한 미국의 그런지/얼터너티브 록 밴드다. 보컬리스트 겸 기타리스트인 커
트 코베인(Kurt Cobain)과 베이시스트 크리스트 노보셀릭(Krist Novoselic)과 세션 드러머와 활동했다. 2집인
《Nevermind》(1991)의 〈Smells Like Teen Spirit〉으로 예상치 못 한 성공을 거두면서 전 세계적으로 3,000
만 장 이상의 음반 판매고를 올리며 90년대 록의 판도를 바꿔버린다. 하지만 커트 코베인이 1994년 4월 사망
하며 너바나는 해체하게 된다.

1991년 하반기에 있었던 나의 추억들을 복원해 테이프를 재생해 본다. 몇 가지 떠오르는 이름들이 있다. 메탈리카(Metallica), 건스 앤 로지스(Guns N'Roses), 본 조비(Bon Jovi) 등이 이른바 '탑 쓰리'를 형성하며 슬로우 모션처럼 스윽 하고 지나간다. 나쁘지 않은, 학창시절에 음악 좀 들었다고 말할 수 있는 리스트다.

아니다. 무언가 결정적인 일격이 부족하다. 그들의 음악은 진실로 위대했지만, '나를 대변하는 목소리'라고는 느껴지지 않았다. 그들은 그러니까, 내가 닿을 수 없는 별천지에 사는 '록 슈퍼스타'들이었다. 그들은 루비콘 강의 저 너머에 있는 이상향이었을 뿐, 내가 발 딛고 서 있던 당대의 어떤 기류와 공명하고 있는 것은 아니었다. 나를 포함한 젊은이들을 위한, 90년대라는 새로운 시대를 위한, 우리만의 사운드 트랙이 필요한 시점이었다.

역사를 살펴보면, 변화에 대해 가장 예민하고 가장 먼저 발기하는 그 사회의 성감대는 보통 당대를 살아가는 청춘들이었다. 90년대 초반도 마찬가지다. 80년대를 주름잡았던 메탈 밴드들의 인기는 여전했지만, 그들이 만수르마냥 '리얼 부(富)'를 차곡차곡 쌓아가는 만큼 그에 대한 반감도 늘어만 가던 시절이었다.

젊은이들은 그들을 발전(發電)해줄 수 있는 새로운 원동력을 필요로 했다. 압도적인 연주력으로 청중들 위에 군림했던 기왕의 메탈 사운드는 더 이상 해결책이 되지 못했다. 70년대의 펑크(punk)가 그러했듯이, 수평적인 시선에서 비참한 청춘의 현재를 노래로 토해내 줄 누군가의 존재가 절실했다. 메탈만이 아니었다. 《타임》지의 조쉬 타이런기엘(Josh Tyrangiel)이 지적했듯, "록셋(Roxette), 마이클 잭슨(Michael Jackson), 폴라 압둘(Paula Abdul) 등이 지배하고 있던 당시의 빌보드 차트는 말 그대로 '그들만의 화려한 리그'일뿐"이었다. 〈Smells Like Teen Spirit〉의 등장은 그래서 결코 우연이 아닌, 시대의 필연적인 요구에 가까웠다.

커트 코베인과 그의 밴드 너바나(Nirvana)의 대표작 《Nevermind》는 1991년 9월 발매 당시에 그렇게 폭발적인 피드백을 얻지는 못했다. 소속사인 게펜 레코드에서도 소닉 유스(Sonic Youth)가 1990년 발표한 작품 《Goo》의 판매량과 비슷한 레벨인 50만 장 정도를 기대했었다고 한다. 빌보드 앨범 차트 144위로 데뷔한 성적은 그래서 레코드사의 예상에 딱 맞아떨어지는 것이었다.

그러나 〈Smells Like Teen Spirit〉이 점차 스스로 덩어리를 불려 가면서 그 누구도 예측 못했던 징후들이 발생했다. 당시 MTV가 기획했던 특집 프로그램이었던 《The Alternative Show》에서 이 곡의 뮤직비디오가 프라임 타임에 배치되더니, 결국 시청자들의 열렬한 호응 속에 거의 매일 MTV 전파를 타고 방영되었던 것이다.

너바나가 유럽 투어를 준비하고 있던 11월 들어서는 그 인기 그래 프가 한층 가속 페달을 밟았다. 앨범은 단번에 차트 35위까지 상승했 고, 유럽 투어는 완전 매진되어 아메리카 대륙 밖에서도 광풍이 몰아 치기 시작했다. 기실 이 과정에서 게펜 레코드가 직접적으로 관여해 이뤄낸 성과는 아무것도 없는 것이나 마찬가지였다.

이와 관련, 게펜 레코드의 대표인 에드 로센블랫(Ed Rosenblatt)은 《뉴욕 타임스》와의 인터뷰에서 "우리는 별로 한 게 없어요. 그 음반을 우선순위로 홍보할 계획이 전혀 없었거든요."라고 고백했던 바 있다.

바로 이 점이 중요하다고 본다. 레코드사 간부의 증언에서도 나타 나듯 《Nevermind》의 성공은 인위적으로 조작된 것이 아닌, 밑에서 부터 위로 치고 올라온 자연스러운 전복(顚覆)이었기 때문이다.

그러고는 마침내, 대중음악 역사에 있어 가장 중요한 사건 중 하나 가 터지고 만다. 1992년 1월 11일자 빌보드 차트에서 《Nevermind》 가 마이클 잭슨의 《Dangerous》를 밀어내고 최상위 터치다운에 성공 한 것이었다.

그런데 그것은, 단지 '일개' 펑크 록 밴드가 팝계의 최강의 '공룡'을 꺾어버린 터닝 포인트 정도가 아니었다. 대중음악 저널리스트 지나 아놀드(Gina Arnold)가 선언한 것처럼 "우리가 마침내 승리한" 것이 었다.

그렇다면 여기에서의 우리는 도대체 누구인가. 너바나의 전기 《Come As You Are》를 쓴 마이클 애저래드(Michael Azerrad)에 따르면, '우리'는 바로 '메인스트림이 눈치 채지 못하는 사이에 10여 년 전부터 꾸준히 성장해온 언더그라운드, 인디펜던트, 아웃사이더의 저변'이었다. 너바나는 이 앨범으로 그러한 비주류 연대의 상징으로 급부상한 것이었다.

이후 〈Smells Like Teen Spirit〉과 《Nevermind》를 접한 수많은 사람들은 그것이 새 시대의 록임을 즉각적으로 알아차렸다. 뭔가 엄청난 낌새를 재빨리 감지한 언론 매체들은 기존 음악들에 반발하는 '대안적 록'이라는 의미에서 '얼터너티브'라는 레테르를 붙여주었다. 음악계의 중력이 변하고, 레일 포인트가 이동을 끝마치는 순간이었다.

《Nevermind》라는 타이틀을 펑크의 전설 섹스 피스톨스(Sex Pistols)의 것에서 따왔다는 사실이 말해주듯, 앨범의 음악적 마스트는 70년대산(産) 펑크였다. 그러나 너바나의 펑크는 선배들의 그것과는 엄연히 다른 색조를 띄고 있었다. "다이노서 주니어(Dinosaur Jr)나 머드허니(Mudhoney) 등의 밴드들이 제시했던 것보다 훨씬 정교하고 세련되게 프로듀스된 앨범"이라는 비평가 카렌 쇼머(Karen Schoemer)의 언급처럼 그들은 선배나 동료 펑크 밴드들이 감수하지 않았던 리스크를 걸어야만 했다. 바로 '팝 멜로디'였다. 그 기저는 펑크에 두고 있었지만, 너바나의 그런지 록은 오리지널 펑크와는 많이 달랐다. 우선 귀에 잘 들렸고, 그래서 상업적으로 광범위한 영향력을 발휘할 수 있었다.

〈Smells Like Teen Spirit〉은 물론이고, 커트 코베인의 절규가 인상적인 〈Territorial Pissing〉이나 〈Drain You〉, 우울 모드의 〈Come As You Are〉에서도 핵심은 분명 캐치한 선율에 있었다. 그러니까, 그들의 펑크는 '공감할 수 있는 아우성'이었고, '들을 수 있는 펑크'였다. 커트 코베인 스스로도 "우리 음악은 기본적으로 팝 포맷"이라며 고백한 바 있다. "허밍할 수 있고, 싱얼롱할 수 있는 거의 최초의 펑크"라는 《스핀》지의 평가가 이를 단적으로 말해준다.

이를 위해 커트 코베인은 파워 코드와 코러스 이펙트를 적극적으로 활용했는데, 바로 이것이 그가 협화음과 불협화음의 경계를 절묘하게 넘나들 수 있었던 비기(祕技)였다. 언뜻 보면 3개의 코드와 미니멀리즘으로 이뤄진 단순한 시스템인 것 같지만, 자세히 살펴보면 복잡한 디테일이 그 속에 숨어 있었던 것이다.

어느새 20년이 지났고, 이 음반으로 많은 것들이 바뀌었다.

80년대까지 언더그라운드에서만 머물러 있던 수많은 밴드들이 속속 메인스트림으로 진출하기 시작했고, 그런지 록은 순식간에 팝 시장의 고원(高原)으로 떠올라 상업적인 모든 것들에 대한 안티테제로서 사랑받았다. 그러나 그것은 동시에 더 이상 너바나와 커트 코베인이 인디의 순수성을 지킬 수 없다는 것을 의미하기도 했다.

어느새 그들은 바로 그들이 맹공을 퍼부었던 '백만장자 록 스타'가되어 있었던 것이다. '상업성을 비판하는 상업적 히트'라는, 록 역사의오랜 패러독스가 반복되는 순간이었다.

스스로를 자유롭다 생각한 커트 코베인은 결국 마치 '단지 속으로들어간 문어'처럼, 자본주의라는 괴물의 위세 앞에서 자신이 이미 자유롭지 않은 상태임을 갑작스레 깨달았다. 그는 필사적으로 대중들앞에서 웃는 표정의 가면을 썼지만, 그 가면이 언젠가는 자신의 맨얼굴이 되어버릴 수도 있다는 두려움에 몸을 떨었다. 비유하자면 그것은 마치, 최전방의 지뢰밭에 들어선 민간인 같은 꼴이었다.

내가 생각하기에 가장 나쁜 죄악은 내가 100퍼센트 즐거운 것처럼
꾸미고 가장함으로써 사람들을 속이는 것이다.

— 커트 코베인의 유서 중

나는 한때 (상업적 성공의 아이콘이라 할) 레드 제플린(Led Zeppelin)이
되고 싶었다가, 다른 때는 (상업적 성공과는 거리가 먼) 극단적 펑크가 되
고 싶고, 또 어떤 때는 햄버거를 먹을 때 부르는 팝송을 만들고 싶다.

— 커트 코베인의 인터뷰 중

결국 커트 코베인은 분열적으로 변해 헤로인에 더욱 깊숙이 젖어들었고, 때로는 혼수상태에까지 빠지는 등, 비극적 징후를 보이기 시작했다. 타이틀인 'Nevermind(신경쓰지 마)'는 그래서 본래의 의도와는 달리, 당시 그를 둘러싼 언론들과 팬들을 향한 일갈처럼 보이기도 했다.

인생에서 중요한 것은 늘 이중적이다. 그것을 어떻게든 견딘 사람들을 우리는 보통 '현실에 순응했다'라고 말하고, 그걸 도저히 견딜 수 없는 사람들은 세상을 등지는 쪽을 택한다. 그저, 커트 코베인은 후자였고, 당신과 나는 전자였을 뿐이다. 이 이중적 잣대를 넘어서는 건 결국, 시간의 흐름을 이겨낸 위대한 예술 작품뿐이다.

1994년 4월 5일, 커트 코베인은 세상을 떠났지만, 너바나의 이 음반이 지니고 있는 위상은 발매 20년이 넘은 지금에도 조금의 희석됨 없이 찬란하다. 실제로도 그렇다. 이후의 록 음악은 거칠게 말해서, 현재까지도 이 작품이 남긴 영향력의 자장 안에 있다고 해도 크게 무리는 없을 정도다. 이렇게 가능한 것과 불가능한 것의 좌표와 경계를 교란하면서, 아니 그것을 뛰어넘어 가능한 것의 장(場) 안에서 불가능해 보였던 것들을 솟아오르게 하면서, 이 걸작은 대중음악계에 완전히 새로운 선택지를 제시해줬다. 바로 커트 코베인과 《Nevermind》의 가치가 앞으로도 영원불멸일 수밖에 없는 결정적인 이유다.

제프 버클리(Jeff Buckley)_ 1960~70년대 각광받던 싱어 송 라이터 팀 버클리의 아들. 생전의 유일한 정규앨범 《Grace》(1994)는 발매 당시 큰 성공을 거두지는 못했으나 청춘의 우울함과 방황을 대변한 목소리와 서른살의 나이로 생을 마감한 그의 스토리로 인해 더욱 극적인 앨범으로 각인되었다.

이십대 초반까지 나는 소위 말하는 메탈 '빠'였다. 조금 과장해서 말하자면, 당시 누군가 나에게 "음악이 뭐니?"라고 물었다면, "뭐긴 뭐야. 음악은 메탈리카(Metallica)지."라고 대답했을 것이다. 메탈리카 다음으로 좋아했던 밴드가 바로 드림 시어터(Dream Theater)였다. 그래서 마치 최배달이 도장 깨기를 하듯, 드림 시어터 외의 유사한 밴드들도 챙겨가면서 메탈을 완전 정복해나갔다. 그 와중에 이른바 '약한' 것들 따위, 끼어들 틈은 없었다. 메탈, 오로지 메탈이었다.

그런 내가 좀 가여워 보였을까. 음악 강좌를 같이 듣던 선배가 어느 날 나를 불렀다. 그는 이후에 《얼트 문화와 록 음악》이라는 책의 공저까지 했던, 그 당시 내가 졸졸 따르던 형이었다.

"이런 앨범도 좀 들어봐. 주구장창 메탈만 듣지 말고."

그 형이 심지어 선물 겸 건네준 그 음반을 한동안은 거들떠도 보지 않았다. 일단 표지부터가 뭔가 유약해 보였기 때문이다. 드림 시어터나 더 듣기로 결심한 나는 앨범을 구석에 쳐박아두고 다시 메탈 지옥으로 빠져들기 시작했다.

그러던 어느 날, 아마도 지하철 1호선 종각역 부근이었을 것이다.

왜인지는 몰라도 그날 형이 줬던 그 CD를 챙기고 나왔는데, 마침 들을 만한 음악이 없었다. 휴대용 CD플레이어에 큰 기대 없이 그 음반을 넣고 1번 곡이 흘러나왔던 순간을 진심으로 잊지 못한다. 아니,

정확하게 말해서, 그의 목소리가 흘러나왔던 그 순간을 잊지 못한다. 제프 버클리라는 가수였고, 앨범 제목은《Grace》였다.

나는 취향에 관한한 그리 이성적인 타입이 못 된다.

예를 들자면 이런 거다. "내 인생의 영화 한 편을 고른다면?"이라고 누군가가 묻는다면 나는 결코 "영화를 너무 좋아해서 고르기 힘들다."라고 대답하지 않는다. 그냥《그랜 토리노》라고 발설해버린다. 물론 이 단 하나의 리스트는 언제든 바뀔 수 있다. 그리고 그건 대개, 기분 탓이다.《빌리 엘리어트》가 될 수도,《사랑도 리콜이 되나요》가 내 입에서 나올 수도 있는 것이다.

그러나 음악에 관해서라면 나는 요지부동, 진정한 의미에서의 상남자다. 단 한 번도 대답이 바뀐 적이 없다. 적어도 해외 쪽에서 내 인생의 앨범은 바로 이것, 제프 버클리의《Grace》다. 아마도 죽는 그 순간까지 변하지 않을 거라고 장담할 수 있다. 내 인생의 소울 푸드가 아닌 소울 뮤직인 것이다. 부디 내가 눈을 감기 전에, 이 음반에 수록된 타이틀 곡〈Grace〉를 틀어주기 바란다.

이 음반은 제프 버클리의 유일한 정규 앨범이다. 그는 1966년에 태어나 1994년에 이 앨범을 발표하고 1997년에 익사 사고로 세상을 떠났다. 그러니까, 이런 앨범이 가장 위험하다. 이미 이 음반에 대한 기왕의 훌륭한 리뷰가 존재하고, 게다가 신화적 아우라마저 내뿜었던 제프 버클리의 유일한 정규 앨범이라는 사실까지 더해지면, 쓰는 입장에서는 그저 부담감만 더해질 뿐인 것이다. 그럼에도 내가 이 글을 써야 할 당위를 굳이 덧붙이자면, 다시 한 번 강조하지만, 이것이 바로 내가 꼽는 '단 한 장의 앨범'이라는, '주관에 입각한 사실'에 있을 것이다.

예술에 있어서의 진보가 대중과 함께 가는 것이 아니라, 대중을 창조하는 데에 있다면, 아마도 이 앨범은 양적인 면과 질적인 면 모두에서 1990년대의 그 어느 작품보다 '진보적'일 것이다. 주지하다시피, 팀 버클리(Tim Buckley)의 아들로 태어난 제프 버클리는 이 데뷔작 하나로 당시의 음악계에 충격파를 몰고 왔다. 그리고 그 충격파는 무엇보다 이 앨범이 당대의 그 어떤 조류와도 무관한 동시에 그것 모두를 한 몸 안에 체화(體化)하고 있었다는, 놀라운 역설에 있었다.

이제는 너무도 알려져 버린 탓에 아주 간단하게 소개되곤 하지만, 실상 제프 버클리는 한마디로 설명할 수 없는 아티스트다. 음악적 다채로움부터 실존적 아이러니(아버지의 재능을 물려받았으나 그와는 거의 만난 적이 없다고 한다)를 거쳐 비극적인 생(生)의 마무리까지, 그 복합성은 가히 유례를 찾기가 힘들 정도였다.

재즈, 블루스, 소울, 포크, 록 등을 아방가르드한 그릇에 담아낸 이 앨범은 확실히, 1990년대를 휩쓸었던 얼터너티브/그런지와는 그 궤를 완전히 달리하는 성질의 것이었다. 물론 혹자는 〈Mojo Pin〉이나

〈Last Goodbye〉 같은 노래들로부터 동질성을 포착하기도 하지만, 거칠고 직선적이었던 당시의 얼터너티브/그런지와는 달리, 제프 버클리는 그것을 앨범 타이틀 그대로 '우아하게' 표출했다. 그러면서도 장르의 경계를 무람없이 오고 갔다.

음반의 하이라이트는 따라서 당연하게도, 〈Grace〉에 위치한다. 흡사 수많은 욕망들이 곡 안에서 내전(內戰)을 벌이며 불타오르는 듯 들리는 이 곡의 강렬한 이미지는 곧장 제프 버클리 그 자체로 승화되었고, 이후 수많은 뮤지션들에게 영향을 끼쳤다. 물론 원작자인 레오나드 코헨(Leonard Cohen)과 유투(U2)의 보노(Bono)마저 고개를 숙이게 만든 〈Hallelujah〉의 거룩한 존재감도 빼놓아서는 안 될 것이다.

다시 한 번 강조하지만, 제프 버클리는 도무지 몇 개의 단어들로 정의가 되지 않는 뮤지션이다. 〈Lilac Wine〉이 대표하듯, 서정에 능한 가객인가 싶다가도 〈Grace〉가 말해주듯, 이렇게 치열한 탐험가가 또 있을까 싶을 정도로 자신의 감정을 극한으로 밀어 올린다. 그러고는 마침내, 모든 것을 무화(無化)하겠다는 듯한 체념의 태도로 듣는 이의 울음보를 기어이 터트린다. 우리를 단박에 사로잡는 노래들도 대개가 이렇지 않은가. 온몸이 악기인 자가 부르는 혼신의 노래들 말이다.

그러나 그가 남긴 몇 안 되는 인터뷰들을 꼼꼼하게 되씹어보면 어린 시절부터 1990년대 중반까지, 제프 버클리가 직면했던 비극들이 적어도 그 자신에게는 얼마나 처절한 수준의 것이었는지를 다시금 깨달을 수 있다.

최후에 그가 선택할 수 있는 마지막 남은 자유는 그래서, '몰락할 자유'밖에는 없었다. 심지어 자살로 오해되기도 하는 그의 죽음에 무언가 '윤리적인 숭고함'이 느껴졌다면, 그건 다름 아닌 이런 까닭에서였을 것이다. 아마도 (나를 포함해) 이 앨범으로 창조된 대중들이 아직까지도 그에게 열광을 보내는 이유 역시 크게 다르지 않을 것이다.

Side B.

나의 믿음을 믿는다는 것

사운드의 완벽한 지배자 · 이승환

저장되어 있지 않은 번호로 부재중 전화가 오면, 받지 않는 게 습관이 됐다. '급하면 다시 전화하겠지'라면서 가벼이 여기는, 작은 오만이다. 그런데 가끔씩 본능적으로 '이 전화는 왠지 중요할 거 같은데?'라는 느낌이 스칠 때가 있다. 속된 말로 '촉'이 발동되는 순간이다.

5월의 어느 날 밤, 전화기를 보니 처음 보는 번호가 찍혀 있었다. '이 시간에 누구지?'라는 생각에 조심스럽게 답장을 보내봤다. "실례지만 뉘신지요?" 몇 분 뒤에 '띵똥' 소리와 함께 온 답 문자. "이승환입니다. 만화가 ○○씨랑 같이 양꼬치 먹고 있는데 한잔하실라우?"

이럴 수가. 양꼬치에 (아마도 칭따오) 맥주만 해도 구미가 확 당기는데 이승환의 술자리 제안이라. 그러나 문제는 이것이 나를 향한 그의 두 번째 프러포즈였다는 것, 그리고 더 큰 문제는 내가 선약이 있는 상황이었다는 것. 어쩔 수 없이 참석하지 못했고, 이 글을 쓰는 지금 이 순간까지 당시의 아쉬움은 진하게 남아 있다. 이 책을 빌어 그에게 나의 마음을 전하고 싶은 가장 큰 이유다. 사실 난 잘못한 것도 없는데!

오해하지는 말기를. 나는 뮤지션과의 술자리를 거의 즐기지 못한다. 아니, 더 솔직히 말하자면 가능한 한 피하는 쪽이라고 해야할 것이다. 누군가는 뮤지션들과 적극적으로 교류하며 더 깊게 그들의 세계로 파고들 수 있다고 하지만, 난 오히려 그 반대라고 믿는 편이다. 어느 정도의 거리두기는 필요하다는 입장인 것이다. 게다가 내 지인들은 잘 알고 있지만, 난 마음이 여리디 여린 섬세한 남자다. 수많은 비판의 글을 써왔지만, 그때마다 기분이 그다지 편하질 못했다. 그러니까, 비평가로서의 내 태도를 견지하기 위해서라도 뮤지션과 과도히 친해지는 것은, 어쩌면 위험할 수도 있겠다고 여겨왔던 것이다.

그럼에도 나의 이 대원칙을 두 번 어긴 적이 있었다. 첫 번째는 허클베리 핀의 리더 이기용과의 술자리였고, 두 번째가 (이후 성사됐던) 이승환이었다. 내가 이 두 명 앞에서 왜 스스로와의 약속을 깰 수밖에 없었는지, 변명을 하자면 다음과 같다.

조금 거창할 수 있으니 이해바란다. 나는 이승환과 '음악 얘기'를 할 계획이 전혀 없었다. 편승엽과 그가 왜 동갑인지 따위 알고 싶지도 않았다. 다만 그와 내가 우리가 살고 있는 이 시대에 대해 비슷한 고민을 하고 있다는 생각에 서로의 의견을 나눠보고 싶었을 뿐이다.

이것은 이기용도 마찬가지다. 그 역시 음악을 통해 시대를 말하고, 사석에서도 이에 관해서 적극적으로 토론하는 타입이다.

"도대체 우리는 지금 어디를 향해 가고 있는걸까."

나보다 훨씬 형인 (그러나 나보다 훨씬 젊어 보이는), '인간' 이승환과 조금이라도 얘기를 나누고 싶었고, 그로부터 위로를 좀 받고 싶었다. 이게 전부다.

이런 이유로, 11집《Fall To Fly 前》(2014)에 실린 〈함께 있는 우리를 보고 싶다〉를 일착으로 언급하지 않을 수 없다. 고(故) 노무현 전 대통령을 추모하기 위해 이승환이 작곡한 이 곡은 뮤직비디오로 먼저 화제를 모았다.

이 뮤직비디오는 화려함과는 거리가 멀다. 그저 생전 노무현의 사진들과 만화, 합창단의 노래하는 모습 등이 교차 편집되어 있을 뿐이다. 그런데 이게 묘한 감동을 주면서 사람을 울린다. 나는 이 뮤직비디오를 돌려보며, 무엇보다 이승환이라는 뮤지션의 자세를 한번 곱씹어봤다. 그리고 내가 그의 음악 중 어떤 지점들에 특별히 열광했는지를 생각해봤다.

먼저 이승환이 데뷔할 즈음부터 가요를 조금씩 찾아듣기 시작했다는 단상이 퍼뜩 떠오른다. '봄여름가을겨울'이라는 밴드가 최초였고, 그 뒤에 신해철이 강림했으며 그다음이 바로 이승환의 〈텅 빈 마음〉이었다. 〈텅 빈 마음〉이 내게 온 이유, 그랬다. 짝사랑이었던 것이다. 나는 한 아이를 바라보고 있는데, 그 아이는 도통 내게 관심이 없었다. 이른바 '좀 놀았던' 그 아이는, 커다란 안경을 쓰고 공부만 하는 나 같은 범생 따위 시시해 보였을 것이다.

음악이 가장 충만해지는 순간. 그것은 대개 환경에 의한 것일 때가 많다. 이걸 음악과의 동질화 현상이라고 평론가들은 부르는데, 간단하게 말해 그냥 가사 속 주인공이 내가 되는 것이다. 짝사랑의 다른 말, 그것은 바로 '텅 빈 마음' 아니겠는가.

〈텅 빈 마음〉에 푹 빠진 이후 나는 이승환의 앨범 궤적을 쭉 따라가기 시작했다. 우선 그의 음악이 템포에 상관없이 명료한 비트를 갖고 있다는 점이 마음에 들었다. 이런 이유로 그를 '록' 뮤지션으로 분류하는 사람도 있지만, 이는 어디까지나 라이브 한정일 뿐, '록'보다는 '스케일'이라고 표현하는 게 좀 더 적절하지 싶다. 이승환 음악의 역사는 곧 '스케일 확장에 대한 고민'이라고 해도 과언은 아닐 테니까 말이다.

그 전조가 명확히 드러난 건, 1993년에 공개한 3집 《My Story》에서부터였다. 우선 이 음반에서 최고의 곡이라 할 〈내게〉를 들어보라. 몽롱한 키보드 사운드와 보컬만으로 도입부가 시작되고, 두 번째 코러스에서부터는 드럼 연주가 합세하더니, 3분 이후 전개되는 브릿지에서 분위기를 고조시킨다. 그리고 터지는 절정의 하모니. 통상 우리는 이런 유의 음악을 '록 발라드'라고 부르는데, 그런 장르명은 해외에 없다. '파워 발라드'가 정확한 명칭이다. 전체적인 곡조는 발라드이지만 하중이 실려 있다는 것, 즉 비트가 거세다는 의미다.

이러한 맥락에서 〈내게〉는 상징적이다. 이승환의 디스코그라피 중 걸작으로 거론되는 4집 《Human》(1995)이 바로 〈내게〉의 확장된 표현형이라고 해도 과언은 아닌 까닭이다. 4집은 이승환이 꿈꾸는 음악적인 야심의 집대성이었다. 그것도 매우 성공적인 집대성.

〈천일동안〉을 시작으로 〈너의 나라〉에 이르기까지, 치밀함과 웅장함이라는 이승환 세계의 두 축이 마침내 완성형을 빚어낸 이 음반은 한국 가요계의 어떤 절정을 증명하는 것이기도 했다. 모든 훌륭한 음악들이 듣는 이의 수를 미리 고려하지 않고 만들어졌고, 훌륭한 음악 팬들은 어떻게든 찾아들었던, 가요계 최후의 황금기를 대표하는 작품이었다고 할까.

어디 이뿐인가. 우리가 이승환이라는 뮤지션을 정의할 때 습관처럼 쓰곤 하는 '사운드 장인'이라는 수식 역시 바로 이 4집부터 본격적으로 사용되기 시작했다.《라디오스타》에서 윤종신도 언급했듯이, 4집은 심지어 동료 음악가들에게도 충격을 던져줬던 작품이었다. 해외에서의 녹음을 통한 소리의 혁신이 무엇보다 결정적인 이유였는데, 바로 여기에 이승환이라는 아티스트를 파악하는 핵심이 존재한다고 나는 생각한다. 바로 '기술의 발전'이다.

철학자 발터 벤야민의 말을 되새겨본다. "예술에 있어서의 혁신은 내용이나 형식이 아니고 기술에서 나온다."

우리는 예술에 있어 기술의 중요성을 간과하곤 한다. 조금 과하게 말하자면 이것은 작사, 작곡, 편곡이라는 삼위일체를 향한 맹신이 낳은 사생아 중에 하나다. 물론 창작이라는 행위는 존중받아야 마땅하다. 그러나 대중음악에 있어 혁신을 거듭해온 것은 어찌 보면 뮤지션의 대뇌가 아니라 스튜디오라는 '공간'이었다. 이승환은 이 공간의 완벽한 지배자를 꿈꾼다. 축구로 따지자면 지네딘 지단 같은 마에스트로. 이게 바로 그가 겨냥하고 있는 최후의 과녁인 것이다. 이런 측면에서 이승환과 윤상은 일정한 생존가(價)를 공유한다.

실망스러운 순간이 없었던 것은 아니다. 기둥뿌리까지 뽑아서 설계한 사운드는 황홀한데, 멜로디의 흡인력이 다소 떨어졌던 10집《Dreamizer》(2010)가 대표적인 케이스다. 7집《Egg : Sunny

Side-Up》(2001)은 마니아들로부터의 지지와는 별개로 거의 패망한 작품으로 기억되며 1997년의 5집 《Cycle》은 〈붉은 낙타〉 같은 탁월한 싱글이 있었음에도 4집의 영광을 재현하는 데 실패했다. 그럼에도 몇몇 예외를 제외하면, 그는 언제나 선율과 소리의 이상적인 동거를 현실화하는 데 꾸준하게 성공해왔다.

8집 《Karma》(2004)의 〈물어본다〉와 9집 《Hwantastic》(2006)의 〈어떻게 사랑이 그래요〉 등이 이에 대한 증거일 것이다.

가장 최근의 예인 11집 《Fall To Fly 前》을 리플레이해보라.

3년 동안 총 1,820시간. 제작비 3억 8천만 원. 이 '허걱'스러운 수치는 이승환이 이 앨범에 투입한 열정을 의미한다. "돈이면 다냐."라고 반문할 수 있을 것이다. 그러나 때로는 형식(기술)이 실질(내용과 형식)을 좌우한다는 점을 다시금 떠올려야 한다. 이건 앞서도 언급했듯이 음악을 대하는 '자세'의 문제인 것이다.

이승환이라는 아티스트는 2014년인 지금에도 '음악이 누군가에겐 중요할 수 있다.'고 믿어 의심치 않는다. 그 믿음이 가엾지만, 그 믿음을 응원하지 않을 수 없다. 분명 음악은 과거의 어느 순간, 나와 당신에게 삶의 중요한 일부였을 테니까.

'이통사의 하위 카테고리'쯤이 되어버린 대한민국 음악무용의 시대에, 《Fall To Fly 前》은 장인적인 고집으로 충만하다. 일단 타이틀 곡 〈Fall To Fly〉를 들어보라. 만약 당신이 과거에 '좋은 사운드를 지닌 앨범'에 대한 경험치가 어느 정도 있는 청취자라면, 어느새 잊고 있었던 '사운드의 감동'을 어렵지 않게 느낄 수 있을 것이다. 지겹겠지만 다시 한 번 말하겠다. 음악에 있어 사운드는 그 무엇보다도 중요하다. 잊지 말기를. 음악은 시가 아니다. 가사 이전에 중요한 건, 아니, 중요'해야 하는' 건, 사운드요, 리듬이다. 《Fall To Fly 前》는 그래서 음악 듣기의 '기본을 재확인'하는 앨범이기도 하다.

꼰대 같은 소리로 들릴 수 있을 것이다. 그러나 확언할 수 있는 사실 하나가 있다면, 훌륭한 사운드는 예민한 청각을 만들어낸다는 것이다. 이 음반에는 정말이지, (그의 과거 음반들이 항시 그래왔듯이) 가요 앨범이라고는 믿기지 않을 순간들이 수두룩하다. 돈이 없었다면 해내지 못했을 성취이지만, 돈이 있어도 그럴 만한 배짱이 없다면 이런 결과물, 만들어내지 못했을 것이다.

당신의 귀는 소중하다. 당신의 귀는 좀 더 좋은 사운드를 누릴 자격이 있다. 아마도 토라져 있을 당신의 귀를 이 앨범을 포함한 이승환의 작품들로 호강시켜주기 바란다. 이 글을 쓰기 위해 이승환의 음반들을 다시 꼼꼼하게 들어봤다. 그래서일까. 요즘 내 귀가 나를 참 좋아한다. 그의 음악이 연출하는 사운드는 그야말로 '쓸데 있는 고퀄'이다.

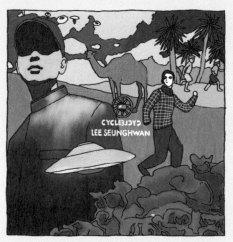

이승환 5집 《Cycle》(1997)

01_ 아이에서 어른으로
02_ 붉은 낙타
03_ 백일동안
04_ 늑대들의 합창
05_ 세상 사는 건 만만치가 않다
06_ 애원
07_ 푸념
08_ 사자왕
09_ 흡혈귀
10_ 아이에서 어른으로 2
11_ 미용실에서
12_ 그가 그녈 만났을 때
13_ 아침 산책
14_ 가족
15_ 아이에서 어른으로 3

뮤지션에게만 공간이 중요한 건 아니다. 듣는 사람에게 있어서도 공간은 음악이라는 마법이 탄생하는 장소다. 기억은 공간과 함께 아로새겨진다. 특정한 시기가 잊을 수 없는 추억이 되는 건, 다름 아닌 이 공간 때문이다. 공간은 비유하자면 포털이나 소환사 같은 존재다. 적어도 나에게는 그렇다. 음악에 대한 강렬한 기억은 대부분 공간과 함께 나를 찾아온다. 공간이 먼저고 음악이 나중인 것이다. 거기에 마지막으로 사람이 스며든다.

대학교 시절 아르바이트했던 음악 카페 JFK를 말하지 않을 수 없다. 여기에서 참 좋은 사람들을 많이 만났고, 그들에게 내가 알지 못했던 음악을 여럿 배웠다. 그 가운데 세 사람이 내 기억에 선명하다.

먼저 가게 사장이었던 형. 그는 평론가란 직함만 없다뿐이지 음악을 정말 많이 알고 있었다. 그의 주제가는 마티 발린(Marty Balin)의 〈Hearts〉였다. 심심하면 이 곡을 틀어놓고 멜로디를 흥얼거렸는데, 이 외에도 어떤 가수 이름만 나오면 히트곡을 줄줄이 대면서 "네가 음악을 알아?"라는 표정으로 나를 향해서 묘한 웃음을 지어 보였다.

마음이 넉넉했던 그는 내가 가게에 일찍 나와 음악을 먼저 듣는 것을 오히려 반겼다.

"전기세가 더 나가건 어쨌건, 음악 공부 열심히 해라. 나중에 이 은혜를 잊지 말고."

당연히, 아직도 그의 은혜를 잊지 않고 있다.

또 다른 이는 음악을 그렇게 좋아하더니 이내 뮤지션이 됐다.

꽤 유명한 인디 밴드의 리더이자 레이블 사장님이다. 그는 유독 포크 음악을 좋아했는데, 그를 통해 '시인과 촌장' 같은 밴드를 알게 되었다. 친절과 배려가 몸에 배어 있었던 그는 누구나 호감을 표할 만한 타입의 남자였다. 모범생 같은 이미지를 풍겼지만, 얘기를 들어보면 또 별나다 싶은 구석이 많았다.

마지막으로 얘기하고 싶은 이는 타고난 엔터테이너였다. 길거리에서 익힌 이런저런 재주 덕에 그의 주변에는 웃음이 끊이질 않았다. 카페의 매니저였던 그는 노래도 잘했는데, 그중에서도 윤도현 밴드의 〈이 땅에 살기 위하여〉를 기막히게 잘 불렀다. 윤도현이 《히든 싱어》에 나가면 그가 당연히 1등이라고 장담할 수 있을 정도로 가히 윤도현 모창의 달인이었다.

그가 즐겨 모창했던 또 다른 가수가 바로 이승환이었다.

주요 레퍼토리는 〈붉은 낙타〉. 얼마나 그가 잘 불렀느냐 하면, 그가 부르는 〈붉은 낙타〉를 듣고 이 음반 《Cycle》을 신촌의 H 음악사에서 전격 구매했을 정도였다. 내가 그때까지 《Cycle》을 사지 않았던 이유는 단순했다. 전작인 《Human》보다 못하다는 얘기를 자주 들어서였다. 나는 대학생이었고, 아르바이트를 통해 얻은 돈으로 학비와 생활비를 다 해결해야 했다. 그 와중에 음반을 구입하는 행위는 나에게 신중을 넘어선 '신성'한 무언가를 요구했다. "효율적인 예산 분배를 바탕으로 오로지 수작 혹은 명반만을 구입한다!" 이런 모토를 지니고 있던 차에 평가가 좋지 않았던 앨범은 아무래도 차선으로 밀릴 수밖에 없었던 것이다. 처음에는 그래서 불안했다. 피 같은 내 돈이 과연 적당한 쓰임새를 찾은 것인지 걱정스러웠다. 그러나 《Cycle》을 쭉 듣는 순간, 나는 이 음반이 《Human》을 넘어서는 걸작임을 확신할 수 있었다. 〈아이에서 어른으로〉를 시작으로 〈붉은 낙타〉를 거쳐 〈가족〉에 이르기까지, 치밀하게 직조된, 거의 완벽한 콘셉트 앨범이었던 것이다. 다만 한 가지, 〈천일동안〉 같은 슈퍼 싱글이 없었을 뿐이었다.

나는 지금도 이 앨범이 이승환 최고작이라고 생각한다. 결국 그 형이 부르는 〈붉은 낙타〉가 나의 음악 역사에 있어 《Cycle》을 구원해준 셈이다. 마지막으로 하나 더. 그는 담배를 태우면서 〈붉은 낙타〉를 부르곤 했는데, '순수'했던 스물한 살의 나에게는 그게 그렇게 멋져 보였다. 그러므로 내가 흡연자가 된 것의 8할은 당신 책임이다. 알아주기 바란다.

애절하게 불러보는 당신과 나의 이십대

냉엄한 현실에서 건네는 한 줌의 용기 · 자우림

퀴퀴한 냄새가 먼저 후각을 압박해온다. 불길하게 일렁이며 껌뻑거리는 전등, 날카로운 비명을 끽끽 내지르는 오래된 나무 의자들. 여기는 산속 깊숙이 숨어 있는 벙커다.

한여름에도 시원해서 좋지만, 사계절 내내 습도라는 괴물과 사투를 벌어야 하는 곳. 어느덧 정겨운 친구가 된 무좀과 '쓰담쓰담'하면서 지내야 하는 곳. 콘크리트 벽에 상존해 있는 곰팡이를 볼 때마다 한숨이 푹 나오지만 그렇다고 해서 별 도리가 있는 건 아니다.

때는 1999년 여름. 지금 이곳은 강원도 인제군 서화면 천도리에 위치한 모(某) 포병 대대다.

군 시절을 잠깐 돌이켜보면 가장 고팠던 것은 당연하게도 문화, 그중에서도 음악이었다. 들리는 거라곤 매일 반복되는 최신 가요들. 핑클, SES, 베이비복스가 세계의 전부였고, 계급에 관계없이 누구나 "어머니는 짜장면이 싫다고 하셨어"를 입에 달고 그간의 불효를 회개하며 눈물 흘렸던 그 시절, 나 같은 졸병들은 들리는 대로 듣고, 보이는 대로 보는 것 외에는 도리가 없었다.

누군가가 말했듯 생각하는 대로 살지 않으면, 사는 대로 생각하게 되는 바로 그 꼴이었다. 이 와중에 음악이나 텔레비전 채널을 취사선택할 수 있는 '개(인의) 취(향)' 따위, 있을 리 만무했다.

벙커에서 근무할 수 있게 된 건, 이런 이유에서 나에겐 축복과도 같았다. 워낙 열악한 환경이었기에 그곳에서 근무하는 병사들에게는 특정한 자유가 '일찍' 부여됐던 까닭이다. 무엇보다, 병장은 되어야 암묵적 합의 하에 소유가 가능했던 워크맨을, 나는 상병 5호봉이 되자마자 손에 넣을 수 있었다. 비유하자면 그것은 이등병 때 고참이 맛보기로 줬던 '뽀글이(봉지에 끓는 물을 부어 먹던 군대식 라면)'를 처음 맛봤을 때 속으로 외쳤던 '유레카' 비슷한 심정이랄까.

휴가를 이용해 워크맨을 밀반입(?)한 나는 한풀이라도 하듯 그때까지 못 들었던 음악들을 진공청소기와 맞먹을 기세로 쓸어 담기 시작했다.

그중에서도 유투(U2)나 알이엠(R.E.M.) 같은 영어의 홍수 속에서 강렬한 이미지로 프린팅된 한 장의 앨범을 잊지 못한다. 함께 근무하던 선임의 선물이었다. 핏빛 붉은색과 검은 바탕 위에 한자로 '戀人(연인)'이라고 쓰인 음반의 주인공은, 그때까지 들어본적 없었던 자우림(紫雨林)이라는 밴드였다. 해석하면 '자줏빛 비가 내리는 숲'이라니, 이건 또 무슨 허세일까. 지레짐작하면서 카세트테이프를 워크맨에 꽂았다. 처음엔 별 기대 없었다는 얘기다.

기대치가 낮아서였을까. 첫 곡 〈연인 3/3〉을 플레이하자마자 튀어나왔던 묵직한 디스토션 기타 리프부터가 심상치 않았다. 아마추어로 기타를 쳤던 그 시절, 가장 선호했던 톤의 리프가 거기에 있었던 까닭이다. 아주 무겁지도, 그렇다고 해서 아주 가볍지도 않은, 이상적인 형태의 톤이었다고 할까. 여하튼, 현역 군바리답게 2번 트랙부터는 각 잡고 초집중 모드로 앨범을 감상하기 시작했다. 제목을 먼저 보니, 〈미안해 널 미워해〉라고 쓰여 있었다. 역시나, 심상치 않았다.

결국에는, 전곡이 만족스러웠다. 도대체 자우림의 2집 《연인》 (1998)을 군 제대까지 몇 번이나 들었을까. 이유는 간단했다. 비천한 재능의 살리에리임에도 불구하고 '록 스타'의 꿈을 끝내 버리지 못한 상황 속에서 이 음반이 '밴드 사운드'의 어떤 모범답안을 제시해줬기 때문이다. 또한 이 앨범은 헤비메탈에 경도되어 있었던 시절, 앞서 언급한 유투, 알이엠과 함께 모던 록 쪽으로 음악적인 취향을 선회하게 해준 결정타이기도 했다. 생각해보면, 아마도 남자의 인생에 있어 가장 헤비메탈'적'일 군대 시절에 헤비메탈로부터 벗어났다니, 흥미로운 아이러니 아닌가 말이다.

이 지점에서, 모던 록에 대한 설명이 필수적일 것이다. 그런데 그러기 위해서는 헤비메탈에 대한 개괄이 선행되어야 한다.

헤비메탈은 남근(男根)의 음악이다. 근이 있는, 뿌리가 존재하는, 그래서 거센 공격성을 그 특징으로 한다. 헤비메탈 밴드들의 외양을 떠올려보라. 딱 붙은 가죽바지 위로 자신의 성기(남근)를 고의적으로 튀어나오게 만들어 그것을 '과시'하는 동시에 강력한 목소리와 연주의 빵빵한 볼륨감을 통해 에너지를 뿜어내면서 역동적으로 저돌맹진한다. 마치 비아그라라도 복용한 듯, 그들의 질주에 브레이크란 없어 보인다. 이런 이유로 헤비메탈을 연주하기 위해서는 각 파트의 멤버 모두가 초절기교를 보유하고 있어야 한다. 최고 스피드로 달리고 있는 와중에 리듬이나 음계가 조금이라도 엇나가서는 안 되는 까닭이다. 한국 쪽에서는 백두산이나 시나위, 해외 쪽에서는 주다스 프리스트(Judas Priest)나 메탈리카가 헤비메탈을 대표하는 밴드로 손꼽힌다.

반면 모던 록은 그 뿌리를 펑크(punk)에 두고 있는 장르다.

"코드 3개만 있으면 된다."는 펑크의 모토처럼, 헤비메탈에 준하는 테크닉 없이도 어느 정도는 연주가 가능하다. "그렇다면 펑크 밴드인 크라잉 넛이랑 자우림이랑 비슷하다는 거야?"라고 반문할 수 있을 것이다. 모던 록은 펑크로부터 출발했지만, 펑크와 는 또 다르다. 아니, 오히려 이제는 모던 록의 카테고리가 워낙 방대해져 펑크 역시 모던 록의 부분집합으로 흡수되어버렸다.

모던 록의 미덕은 그래서, (내가 생각하기에) 다음과 같다.

군이 헤비메탈에 맞먹는 연주력을 지니고 있지 않더라도 용감 하게 밴드를 결성해서, 심지어는 위대한 밴드의 계보에 이름을 올릴 수 있음을 보여준 것이다. 어떤가. 펑크의 '쓰리 코드주의'와 동일하지 않은가 말이다. 그러니까 모던 록은 70년대의 펑크를 좀 더 세련되게 다듬어낸, 그 어떤 '이상적인 결과'다. 이후 음악 적으로 다채로운 요소들을 흡수하며 80년대를 지나 90년대를 거 쳐, 헤비메탈이 갈수록 쇠퇴하는 와중에 록계의 중심을 꿰찼다.

자우림의 디스코그라피로 한정하자면, 그 절정은 바로 2013년 에 발표된 9집 《Goodbye, grief.》였다. 사실 2008년에 공개된 7 집 《Ruby Sapphire Diamond》와 2011년의 8집 《陰謀論(음모 론)》의 결과는 긍정적이지 못했다. 2집 이후에도 〈매직 카펫 라이 드〉, 〈팬이야〉, 〈하하하쏭〉 등 계속해서 히트곡을 발표했던 그들 에게 찾아온 최초의 침체기였다. 음악적으로 뭔가 겉돌고 있다는 인상이 강했다고 할까. 9집은 그래서 나에게는 2집 때의 리플레 이와도 같았다. 큰 기대 없이 들었는데, 작정하고 날린 한방을 맞 은 듯한 느낌이었다.

9집의 전체적인 주제는 '청춘', 구체적으로는 '이십대'다.

그래서 먼저 나의 스물을 (암흑 같았던 군대시절 빼고) 떠올려본다. 그래. 누구나 스물이 되면 거창한 꿈 하나 정도는 꾸는 법이지, 이런 생각이 먼저 머리를 스친다. 그런데 그걸 '이십대의 무한한 가능성' 따위로 포장해서 선전하는, 청춘 보부상들을 나는 별로 신뢰하지 않는다. 그 이전에 필요한 건, 현실에 대한 냉정한 직시다. 일례로, 자우림은 8집의 오프닝 트랙 〈Happy Day〉의 부기에 밴드의 세계관을 '패배주의적이면서 동시에 낙관적'이라고 정의했던 바 있다.

기실 자우림의 음악 전체가 우리가 사는 세계의 돌아가는 꼴, 그러니까 역설을 그 내면에 품고 있다. 예를 들자면 3집에서 그들은 〈매직 카펫 라이드〉로 인생찬가를 부르더니, 이어지는 〈뱀〉에서는 갑자기 냉소적인 표정으로 돌변해서 상대방에게 독기 섞인 조롱을 내뿜는다. 발랄하기 그지없는 〈하하하쏭〉으로 대동단결을 외치고는, '우리에게 내일은 없다'고 자조 섞인 독백을 늘어놓는 5집 《All You Need Is Love》(2004)은 또 어떤가. 그리고 9집 《Goodbye, grief.》(2013)의 첫 싱글 〈이카루스〉에서 그들은 이걸 '사소한 비밀 얘기 하나'라고 노래한다.

아무도 말해주지 않는 사소한 비밀 얘기 하나 / 아무리

172

몸부림을 쳐도 아무것도 변하지 않아

- 〈이카루스〉(9집 《Goodbye, grief.》)

이 곡의 성취는 특별하다. 선동적이면서도 도취적인 김윤아의 기품 있는 보컬, 공간을 효과적으로 활용할 줄 아는 멤버들의 능란한 연주, 인상적인 주요 멜로디와 그 뒤를 부드럽게 감싸는 보컬 하모니, 점층적인 구조로 현명하게 조율된 곡 전개 등, 2000년대 이후 자우림이 발표한 최고의 싱글 중 하나라고 해도 과언은 아니다.

우리는 그러나 이 곡이 9집의 열 번째에 실려 있다는 점에 주목해야 한다. 첫 싱글인데 음반의 후반부에 위치해 있다니, 이건 명백히 스토리텔링을 고려한 배치라고 추측해볼 수 있는 것이다. 웅장하면서도 우아한 스트링 세션으로 문을 여는 첫 곡 〈Anna〉에서 화자는 '안나'에게 처절하게 버림받은 상태에 놓여 있다. 자연스럽게 안나는 과연 누구인가라는 물음이 형성될 것이다. 뒤를 잇는 곡의 제목은 〈Dear Mother〉다. 그렇다고 해서 〈Dear Mother〉에서의 엄마가 안나라는 식의 결론은 단면적인 만큼 위험해 보인다. 그보다는 이 두 곡의 주인공이 공유하고 있는 어떤 지점을 겨냥해야 할 것이다. 2집의 〈낙화〉와 〈미안해 널 미워해〉에서 그러했던 것처럼, 그것은 바로 삶에 대한 '좌절'과 상대방에 대한 '죄의식'이다.

이런 주제에 맞춰 자우림이 연출해내는 사운드는 장르를 유연하게 오가면서 듣는 이들을 끌어당기는 데 성공한다. 예를 들어 〈Anna〉에서는 피아노 연주와 현악 사운드로 스케일을 장악해나가면서 밀어붙이고, 〈Dear Mother〉에서는 잔잔했던 초반부의 흐름을 가스펠 풍의 리듬과 코러스로 갑작스럽게 변환시켜 혼란스러운 내면을 인상적으로 표현해낸다.

〈님아〉역시 마찬가지다. 자우림은 이 곡에서 로큰롤 비트와 마치 시조를 연상케 하는 가사에 구성진 가락을 결합시켜 사랑에 빠진 화자의 심정을 묘사하고 있다. 기타와 건반 솔로가 현란하게 부딪히는 후반부가 특히 만족스럽다.

기쁨의 순간은 그러나 잠시 뿐이다. 〈템페스트〉가 노래하듯 '폭풍이 다가오고 있는' 까닭이다. 이 곡에서도 자우림은 테마에 맞춰서 곡의 전개를 능란하게 풀어간다. 폭풍을 예고하는 듯 둥둥거리는 드럼 연주을 근간으로 삼은 뒤 사운드를 겹겹이 쌓아가고, 마침내는 강렬한 이미지를 그려내는 와중에 격렬한 톤으로 폭발을 일궈낸다. 다시 한 번 강조하건대, 강렬함과 격렬함 사이의 뜨거운 합선(合線)이 곧 자우림 음악의 요체다. 이처럼 자우림 같은 좋은 록 밴드는 음악을 함에 있어 원심력과 구심력을 동시에 구현할 줄 안다. 척력으로써 완성도를 거머쥐고 인력으로써 설득력을 확보한다.

〈I Feel Good〉은 〈Tempest〉와는 반대로 화사한 기운이 곡 전반에 퍼져 있다. 이 곡에서 아픈 기억을 지워버린 주인공은 잘될 것만 같은 예감과 함께 폭풍을 뒤로 하고 본격적인 인생길에 오른다. 스트록스(The Strokes, 1998년 뉴욕에서 결성된 록 밴드) 풍의 세련된 로큰롤을 기반으로 하는 이 곡도 사운드와 가사가 불가피한 형식으로 결합되어 있어서 도대체가 체위 변경이 불가능한 수준을 쾌척한다. 이 곡을 떠나 이번 9집 전체가 굴삭해낸 가장 큰 성취가 있다면 바로 이것이다.

이어지는 〈스물다섯, 스물하나〉에서 분위기는 다시 전환된다. 스물다섯, 스물하나의 날들을 추억하는 화자는 떠나간 당신을 멜로디만큼이나 애절하게 호명한다. 여기에서의 당신을 돌아오지 않을 것임을 알면서도 갈구할 수밖에 없는, 청춘의 그 어떤 찰나라고 받아들여도 좋겠다. 당신(이라는 청춘)은 어딘가에서 확실하게 존재하지만, 나의 부름은 결국 '너'라는 존재의 의미에 가닿지 못한다. 청춘의 비극은 이러한 존재와 의미의 간극 속에서 탄생한다. 이 순간, 청춘은 마치 무지개처럼 가까워지면서 멀어지는 것인데, '무지개'가 말하고자 하는 바가 바로 여기에 있다.

이제 감을 잡을 수 있을 것이다. 앞서도 강조했듯이 9집의 키워드, 더 나아가 자우림 음악의 핵심은 '좌절'과 '죄의식'에 위치한다. 현실에 대한 좌절과 떠나간 누군가에 대한 죄의식은 청춘이라는 시절의 자연스러운 부산물이다. 〈이카루스〉가 앨범의 열 번째에 위치한 가장 큰 이유가 바로 여기에 있다. 〈이카루스〉는 '좌절'과 '죄의식', 이 둘 모두를 품에 안고 마지막 곡 〈슬픔이여 이제 안녕〉과 함께 9집의 대미를 장식한다. 그 어떤 작품이든 첫 싱글은 대개 음반의 표정을 상징한다. 이 곡을 괜히 10번 트랙으로 넣은 게 아니라는 의미다.

자우림은 이 음반에서 긍정주의라는 복음을 빌려 '넌 할 수 있어'라는 선(善) 해석으로 듣는 이들을 마취하지 않는다. 그보다는 냉엄한 현실을 먼저 마주하라고 말한 뒤 〈이카루스〉의 가사처럼 슬며시 용기를 불어넣어준다. 이소라의 음악이 그러한 것처럼, 마취제가 아닌 각성제로써의 음악이다. 좋은 음악들이 대개 이렇다.

다음과 같이 정리하려고 한다. 삶이라는 것은 결국 피할 수 없는 패배라고. 희망이란 건 그래서, 희망이 없는 상황 속에서만 겨우 간절해질 수 있는 거라고. 그제야 우리는 조심스럽게, 'Goodbye, grief'라고 노래할 수 있는 거라고.

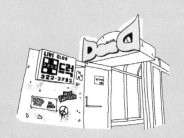

그날의 멜로디

Track 10

자우림 3집 《Jaurim, the Wonderland》(2000)

2000년부터 2001년까지 일 년 동안 휴학을 했다. 이유 따위 별거 없었다. 학비가 모자라서였다. 1년 동안 '빡세게' 아르바이트를 해서 돈을 벌어야 했다. 총 세 가지 정도를 병행했던 것으로 기억한다. 음악 카페 아르바이트, 영어 독해 및 문법 과외, 그리고 주말에는 만화방 아르바이트를 뛰었다. 가끔씩 주식 시장 같은 데 가서 멀뚱멀뚱 앉아 있는 아르바이트를 하면 10만 원을 주기도 했는데, 내 주위에 이런 고부가가치 산업이 있었다는 것에 깜짝 놀랐던 적도 있다. 셋 중에는 만화를 좋아한다는 전제 하에 만화방 아르바이트를 강력 추천한다. 내가 엄청난 비밀 하나 얘기해줄까? 만화방 아르바이트를 하면, 만화도 공짜로 볼 수 있는데 돈도 준다. 헐. 대박. 이거야말로 인류의 신기원 아닌가. 게다가 손님이 놓고 가는 물건들도 가끔씩 '득템'할 수 있는데, 다시 와서 찾아가지 않는 경우가 꽤 되는 덕분이다.

그중에 하나가 바로 자우림의 3집 《Jaurim, the Wonderland》였다. 계산을 끝내고 나간 손님의 자리를 뒤늦게 치우려는데 봉투 하나가 눈에 띄었고, 그 안에 이 음반이 들어 있었던 것이다.

나도 양심이 있지, 처음 하루는 보관했다. 이틀, 사흘, 나흘. 일주일 정도 지났을까, 손님이 다시 와서 찾아갈 기미가 보이질 않았다. 뭐, 어쩌나. 내가 그 손님 몫까지 열심히 듣는 수밖에. 그렇잖아도 이 음반을 사려고 했는데 하늘이 이렇게 불쌍한 나를 도와주시는군. 집으로 가서 오디오에 CD를 플레이하고 음악을 듣기 시작했다.

군대 시절 그들의 2집에 워낙 반한 터라 기대가 상당했다. 나는 자우림의 디스코그라피에 총 세 장의 '매우 훌륭한 음반'이 있다고 생각한다. 2집《戀人(연인)》, 9집《Goodbye, grief.》, 그리고 바로 이 3집이다.

당시에는 앨범 하나를 구하면 그걸 오십 번쯤은 반복해서 듣는 게 일상다반사였다. 그러면서 취향이 저격되기를 기다리는 것이다. 나에게 그것은 〈오렌지 마말레이드〉라는 노래였다.

제목은 좀 별로였다. 뭔가 여성적인 뉘앙스가 너무 강해서였다.

"음악은 무릇 메탈인 법."이라고 그렇게 떠벌리고 다녔는데, 〈오렌지 마말레이드〉라니 이거야말로 언어도단 아니겠는가. 그래서 이 곡과 몰래 사랑에 빠졌다. 밖에서는 메탈 음악에 맞춰 헤드뱅잉을 하고, 집으로 돌아오는 길에 이 곡을 듣고 또 들었다. 상큼한 곡의 진행도 좋았지만 가사가 내 마음을 움직여서다.

아르바이트를 끝내고 돌아오는 길이었을 것이다.

홍대 앞에서 지하철 2호선을 탄 뒤에 동대문운동장역에서 4호선을 갈아타고 수유역에 내렸다. 그날도 습관처럼 이 곡을 플레이하는데, '심쿵' 하는 소리가 내 몸 속에서 들렸다. "나 괜찮은걸까, 지금 이대로 어른이 돼 버린 다음에는, 점점 더 사람들과 달라지겠지"라는 곡의 노랫말이 발랄함을 가장한 멜로디를 타고 3D처럼 눈앞에 펼쳐졌다.

나는 그날 가장 큰 수입원이었던 과외 아르바이트 하나를 해고 통보 당한 상태였다. 학생의 성적이 떨어져서가 아니었다. 그랬다면 슬프지는 않았을 것이다. 그 학생의 집도 우리 집과 비슷한 지경에 놓이게 된 바람에 어쩔 수 없이 과외를 못 하게 된 것이었다.

그 학생이 자꾸 눈에 밟혔다. 처음에는 그래서 당분간 돈을 받지 않고 가르칠까, 고민도 했다. 진심으로 그렇게 해주고 싶었지만, 그럴 수는 없었다. 당장이라도 새로운 과외 자리를 알아봐야 했다. 그렇게 할 수 없는 내 자신이 원망스러워서, 나는 한참을 수유역 1번 출구 앞에 서 있었다. 노래 가사처럼 과연 내가 지금 이대로도 괜찮은 건지를, 아무나 붙잡고 묻고 싶었다. 처음으로 방 안에 홀로 앉아 술을 마신 날이었다.

너무 빨리 어른이 되어버린 청춘들의 시대

더 이상 환상 속의 그대는 없다 · 서태지

너무 많이 말해진 이름들이 있다.

  긍정적이든 부정적이든, 그들이 한 시대의 상징이었기 때문이
다. 이유는 하나 더 있다. 이른바 신비주의를 고수하는 통에 그
실체가 도무지 잡히질 않아서다. 신비주의는 해석의 과잉을 낳는
다. 감추면 감출수록 해석들은 쏟아져 나오고, 해석들이 쏟아져
나올수록 실체는 더 모호해진다. 실체와 해석은 반비례함으로써
서로에게 평안하다.

  서태지. 더 이상 어떤 언어를 더해야 할까 고민부터 앞서는 이
름. 90년대를 보냈던 이들에게 '각자의' 서태지 하나쯤은 다 있을
것이다. 신세대나 엑스세대라는 담론으로 그를 퉁치기에는 그가
지녔던 스펙트럼이 워낙 다채로웠던 까닭도 있다. 누군가가 서태
지를 통해 '반항'을 봤다면, 또 다른 누군가는 그를 통해 '최신 유
행'을 목격했다. 이 외에도 서태지를 설명할 수 있는 표현들은 무
진장일 것이다. 그런데도 단 하나의 정의로 그를 포착하겠다니.

맙소사. 이건 애초부터 성립되질 않는 게임인 것이다.

뭔가 다른 방법론이 필요한 지점. 뻔한 얘기를 반복하지 않기 위해서는 욕심을 버려야 한다. 그가 지닌 수많은 특성 중 하나를 인질로 잡은 뒤, 알고 있는 모든 것을 토해내게 하는 것이다. 추억의 한 조각을 먼저 소환해본다.

"어서 빨리 어른이 되고 싶다."

정말 입버릇처럼 되뇌었던 것 같다. 하고 싶은 건 많았는데 막상 손에 쥐고 있었던 건 거의 없었던 시절이었다. 지갑을 열어보니 가지고 있는 돈이라곤 달랑 천 원짜리 한 장. 주린 배를 움켜잡고 편의점으로 가서 요구르트 음료를 하나를 샀다. "이거 하나면 저녁때까지 어떻게든 버틸 수 있겠지." 이런 나날들이 계속되었던 이십대 초반. 나는 어서 빨리 어른이 되고 싶었다.

"100만 원이다. 이거면 뭐든 다 할 수 있을 거야."

그즈음, 나는 한 달에 100만 원만 벌 수 있다면 남부럽지 않게 살 수 있을 거라고, 술자리의 친구들에게 취한 목소리로 말하곤 했다. 돌이켜보면 참말로 순진무구한 생각이었다. 어느덧 마흔을 바라보고 있는 나에겐 알츠하이머에 걸린 아버지가 있다. 한 달 병원비로만 150만 원을 꼬박꼬박 마련해야 하는 지금, 가끔씩 그 시절의 비현실적인 호기로움을 떠올리며 웃음 짓는다.

그래서일까. 이십대 청춘을 인생의 찬란한 절정이라며 무작정 찬미하는, 그래서 그 시절로 돌아가고 싶다는 무책임한 글들을 대체로 혐오한다. 이제 나는 더 이상 어른이 되고 싶다고 되뇌지 않는다. 아니, 그 되뇜을 자연스럽게 멈췄던 어느 순간, 나는 이미 어른이 되어 있었다. 내 '어른 되기'에 대한 강박은 그렇게 내면에서 자취를 감췄다.

지금부터 서태지와 아이들의 음악을 이렇게 말하고자 한다. '어른 되기'의 강박 혹은 욕망이라고. 삶에 있어 중요한 질문은 대개 '무엇'보다는 '왜'와 '어떻게'에 위치한다. 그렇다면 '강박과 욕망은 어떤 조건에서 생성되는가?'가 중요할 것이다.

대개의 경우, 강박과 욕망은 대상의 부재로부터 비롯된다. 즉, '어른이 되고 싶다.'라는 강박이나 욕망은 그들의 시선에서 "제대로 된 어른이 없다."는 것과 같은 의미인 것이다. 평론가들이라는 집단은 이걸 확대해석해서 '청춘의 반항'이나 '신세대의 습격' 같은 뻔한 수식으로 갈무리해왔다.

서태지와 아이들 1집 《난 알아요》(1992)는 이에 관한 첫 번째 신호탄이었다. 1992년 그가 양현석, 이주노와 함께 이 곡을 공중파 텔레비전에서 처음 불렀을 때, 이 곡으로 인해 80년대와 90년대가 완벽하게 분리될지 예상한 사람은 아무도 없었다. 80년대의 주어가 '우리'였던 데 반해 90년대의 주어는 '나'였다. 전자가 '정치적 연대'의 시대였다면 후자는 '취향을 공유하는' 시대였던 것과 동일한 이치다. 자. 다시 한 번 천천히 이 곡의 제목을 발화해 보라. "난, 알.아.요."라니, 90년대의 개막을 위한 선전포고로 이보다 더 적합한 문장이 어디 있겠는가 말이다.

밀란 쿤데라의 소설 《농담》을 보면 다음과 같은 구절이 나온다.

나는 젊었고, 내가 누구인지, 누가 되고 싶은지 자신도 몰랐기 때문에 여러 개의 얼굴을 가지고 있었다.

이것은 의미심장한 역설이다. 언뜻 보면 위의 문장들은 이십대의 무한한 가능성에 대한 오마주처럼 들리기도 한다. 그러나 자세히 곱씹어보면, 이보다 더 절망적일 순 없을 문장들이다.

그러니까, '모른다'는 것이다. 그저 무지한 상태로 그 시간을 어떻게든 견뎌내고 통과해야 한다는 것. 그러다 보니 자신도 '모르는' 새에 어른이 되어버리고 말았다는 것. 청춘은 가능성 따위가 아니다. 청춘은 차라리 그 자체로 희망고문에 가깝다. 요즘 같은 시대에는 더욱더.

《난 알아요》가 90년대의 패권을 장악했던 과정 역시 마찬가지였다. 서태지와 아이들이라는 90년대의 아이콘은 이 곡 하나로 이후에 은퇴선언을 하기까지, 넘버원의 지위를 약속받았다고 해도 과언은 아니다. 이 곡은 당시 십대와 이십대 청춘들의 송가로 받아들여졌다. 서태지 자체가 청춘이었기에 그를 두고 수많은 해석들이 뒤따랐음은 물론이다.

대한민국은 그에게서 무한한 청춘의 가능성을 봤다. 처음에는 그에게 비판적이던 사람들까지 어느새 입장을 바꿔 모든 청춘들에게 서태지처럼 자기 인생을 개척해야 한다며 목소리를 드높였다. 바로 청춘의 무한한 가능성과 윗세대를 향한 반항이 '마케팅 포인트'로 전환되는 순간이었다.

이후 '반항적 청춘'이라는 모호한 실체는 부풀리고 부풀려지더니, 마침내 엑스세대라는 신조어로 감격의 대통합을 일궈내며 그것이 마치 '실존'하는 것인 양 착시효과를 일으켰다.

언론은 앞다투어 누구나 서태지가 될 수 있다고 꼬드겼지만, 실상 그 누구도 서태지가 되지는 못했다. 특정 음악이나 음악가가 한 시대를 결정한다니, 이게 바로 롤랑 바르트가 말한 '신화'가 아니고 뭐겠는가.

비단 《난 알아요》뿐만이 아니다. '청춘은 반항'이라는 수식은 저 멀리 50년대 할리우드와 로큰롤 시대부터 애용되어왔던 '핫 아이템'이었다. 그런데 이 아이템을 패치할 수 있으려면, 조건이 필요했다. 앞서 말했듯, 신화가 되기에 충분한, 최소한 10년 주기 정도는 대표할 수 있는 인물이어야 한다는 것이다. 엘비스 프레슬리(Elvis Presley)를 위시로 제임스 딘(James Dean), 비틀스(The Beatles), 짐 모리슨(Jim Morrison), 커트 코베인(Kurt Cobain) 등의 이름들을 떠올려보라. 한국에서 90년대 이후 이 막강한 라인에 끼워 넣을 수 있는 인물은 서태지가 유일무이하다.

《난 알아요》 이후 그가 음악과 패션을 통해 전시했던 건, '반항'이라는 분석 틀에 정확하게 부합하는 것이었으니까. 이 시절 어떤 잡지에서 '주류 질서의 전복자'라는 표현으로 그를 묘사했는데 , 이런 측면에서 더없이 적확한 수사라고 할 수 있을 것이다.

《난 알아요》 이후 서태지는 이러한 이미지를 더욱 강화시키는 쪽으로 방향타를 잡았다. 그들의 시점에서는 여전히 제대로 된 어른이 부재한 사회. 자연스레 '어른 되기'의 강박이 커지면 커질수록, 반항의 강도 또한 앨범이 발표될수록 높아질 수밖에 없었다. 이를 위해 그가 선택한 장르는 음악적 뿌리라고 할 '메탈'이었다. 시나위 출신에서 댄스 가수로 역변한 자신의 커리어를 2집의 〈하여가〉의 기타 연주가 증명하듯, 영민하게 활용했던 것이다. 아니나 다를까. 매체들은 또 다시 그의 파격적인 행보에 스포트라이트를 쏟아 붓기 시작했다.

이후 3집에서 서태지는 더 강력한 메탈 사운드로 무려 '통일'을 논하더니, 4집에서는 메탈만큼이나 반항기가 넘치는 갱스터 힙합으로 재빨리 차를 갈아타면서 장르 수집가로서의 면모도 보여줬다. 4집의 첫 싱글 〈Come Back Home〉을 듣고 가출한 청소년이 실제로 돌아왔다는 사연은 당시 그의 영향력을 직접적으로 말해주는 증거였다. 비록 통일은 이뤄지지 않았지만.

'포스트 서태지'로 수많은 후배들이 논의되었던 것, 기억하고 있을 것이다. 그러나 대한민국 가요계는 여전히 서태지만 한 파급력을 지닌 뮤지션을 배출하지 못하고 있다. 그런데 눈길을 해외로 돌려보면 상황은 매한가지다. 그쪽 음악 신에서도 커트 코베인의 이후는 전무하다. 음악계에서도 거대 서사의 죽음이 도래한 것이다. 이렇듯 2000년대 이후 전 세계 대중음악계는 전면전이 아닌 국지전의 양상으로 전개된 지 오래다.

이건 어쩌면, '어른 되기'의 강박이 사라진 뒤의 공백이 아닐까. 더 이상 십대와 이십대들은 '어른 되기'의 욕망에 휘둘리지 않는다. 그들은 이미 어른이 되어 있기 때문이다. 어른이 된다는 건 '그렇게 달라지지 않을 미래'를 마침내 인정하는 것이다.

과거에 사람들은 미래가 보이질 않아서 불안해했다. 그러나 요즘에는 미래가 너무 뻔히 보여서 불안해한다. 이렇게 죽어라 공부해봤자 내 미래는 잘해야 대기업의 사원 정도나 될거라는 현실.

실존에 대한 고민은 사라지고, 생존이라는 인간의 본질에만 더없이 충실해질 수밖에 없는 현실. 이런 와중에 (그것이 비록 평론가들에 의한 펌프질일지라도) 한 시대를 압축해서 전시하는 노래나 뮤지션 따위, 등장할 리 만무한 것이다.

단언컨대, 그것이 비록 허상일지라도 넥스트 서태지는 없다. 무한한 청춘의 가능성을 찬양하는 노스탤지어적 정서 역시 폐기처분된 지 한참이다. (그것이 비록 팔아먹기 위함일지라도) 청춘이라는 소재를 포장조차 할 수 없는 시대. 그러니까, 청춘이 곧 어른이 된 시대. 우리의 각박한 21세기는 이렇게 진행되고 있다.

서태지 2집 《울트라맨이야》(2000)

저녁을 일찍 먹고 티비 앞에 앉는다. 오늘은 《뮤직캠프》를 반드시 챙겨봐야 하는 날이다. 이 순간을 얼마나 학수고대했던가. 서태지가 컴백쇼를 한다고 하는데, 음악의 강도가 장난이 아니라는 소문이 파다하다. 이번에는 세계적으로 유행하는 누 메탈(Nu-Metal)을 시도했다지, 아마. 콘(Korn)이나 림프 비즈킷(Limp Bizkit) 같은 화끈한 사운드라니, 일찍부터 차오른 기대감에 괜스레 티비 광고가 원망스러울 지경이다.

컴백쇼가 시작되고 자막이 먼저 화면을 장식한다. "가장 두려운 건 너를 믿지 못함이 아니라 나를 믿지 못함이었다."라는 문장 정도였던 것으로 기억된다. 이런 닭살 돋는 멘트, 나는 선호하는 편이 못 된다. 그저 음악의 정체가 궁금했을 뿐이다. 그리고 마침내 시작된 공연.

서태지의 모든 앨범들 중에 솔로 2집 《울트라맨이야》를 가장 좋아한다. 그중에서도 〈탱크〉를 즐겨 들었는데, 서태지의 장기인 해외 트렌드의 재현에 가장 성공한 곡이라는 판단 때문이었다. 이 곡에서도 서태지는 '음악적 근간'인 강성 록 성향을 유지하면서도 멜로디 감을 부여해 '들리는 메탈 레코드'를 완성해냈다. 이 지점에서 서태지의 영민함이 빛난다. 자신의 아킬레스건인 보컬을 커버하기 위해 목소리를 뒤로 물리고, 탁월한 연주와 레코딩 퀄리티를 강조하는 방향으로 키를 잡은 것이다.

이쯤에서 서태지 음악의 전체에 대해 잠깐 논해볼까. 바다 건너 그의 '롤 모델'들이 리얼 타임으로 연상되는 점은 서태지의 강점인 동시에 약점이다. 서태지의 음악은 항시 '슈퍼 에고'를 상정하고 출발해왔다는 점에서 비판의 시선을 피하기는 힘들다. 그러나 적어도 이 솔로 2집의 경우, 오리지널을 그대로 모사하는 필사본이 아닌 자신만의 터치가 녹아 있다는 점에서 그 성취를 인정할 수밖에 없다. 아마 서태지 마니아들이 변함없이 그에게 환호를 보내는 이유도 여기에 있을 것이다. 이를테면 그는 '전 세계적' 슈퍼 에고가 파생한 '국지적' 슈퍼 에고인 것이다. 사실 따지고 보면, 이 정도도 못해내는 뮤지션이 부지기수 아닌가. 다만 서태지라는 페르소나의 가장 큰 문제가 있다면 바로 이것이다. 90년대 전체에 걸쳐 있는 그의 신화적 존재감 말이다.

특정 음악가나 트렌드가 10년 전체를 정의할 수는 없는 법이다. 그런데도 사람들(과 평론가들)은 기필코 '압도적인 단 하나'를 찾아내서 그걸 절대적인 위치에 놓고 싶어 한다. 원심력 하나를 상정해야 전체 원을 그리기가 수월하다고 생각하기 때문이고, 그래야 편해질 수 있기 때문이다. 무엇보다 이렇게 해놓고 나면 분석하기가 일단 쉬워진다. '세대론'을 들먹이면 더욱 좋다. 거기에 맞춤하게 디자인된 옷까지 입히는 셈이 되니까 말이다.

대중음악이라는 생태계는 그리 단일한 곳이 아니다. 원심력과 동시에 구심력에도 주목해야 한다. 서태지가 만능키처럼 통용되던 시절은 한참이나 지난 지 오래다. 그런 식의 정의, 때론 허망하지 않은가 말이다. 아니, 다른 수많은 뮤지션에게 결례가 되지 않겠는가 말이다.

서태지 개인에 한해서는 2집이 그에 대한 터닝 포인트였던 것 같다. 이 음반을 기점으로 서태지는 1990년대라는 굴레에서 벗어나 한 사람의 뮤지션으로서 인식되기 시작했다. 더욱 마니악해진 음악 스타일이 그랬고, 완성도와는 달리 점차 하락하는 음반 판매고도 이를 증명했다. 이 음반이 2000년에 공개된 작품이라는 상징성은 이런 측면에서 의미심장하다.

도리어 서태지에게는 너무도 자연스럽고, 잘된 일이라고 나는 생각한다. 90년대의 그에게는 너무 과도한 수사들이 부여되었다. '문화 대통령'이라는 표현은 그중에서도 가장 혹독한 짐이었을 것이다.

이건 그러니까, 계절의 순환처럼 자연스러운 일이다. 서태지가 설령 진짜 문화 대통령이었다고 할지라도, 언제까지고 문화 대통령일 수는 없다. 세상은 그렇게 어쩔 수 없는 일들로 가득하다. 이건 부끄럽거나 두려워할 일이 아니다. 다만 있는 그대로 바라보고, 받아들일 수 있는 자세가 중요하다고 생각한다.

그리고 14년 뒤인 2014년 10월 18일. 한 아이의 아빠와 한 여자의 남편이 된 서태지는 9집 《Quiet Night》 컴백 공연에서 "한물간 가수가 들려드립니다."라고 말했다. 그게 그렇게 멋져 보일 수가 없었다.

'환상 속의 그대'는 더 이상 없다.

가진 건 시간, 그리고 음악

음악을 사랑하는 가장 좋은 방법 · 언니네 이발관

아마추어 밴드 시절을 되돌아본다.

내 밴드 생활 입문에 가장 큰 도움을 준 인물은 고(故) 김대중 전 대통령이었다. 대대적인 신용카드 장려 정책 덕에 집에 빚만 잔뜩 쌓여 있던 나도 대학생 신분에 휘황찬란한 골드 카드의 소지자가 될 수 있었던 것이다. 카드를 받자마자 제일 먼저 구입했던 게 바로 기타였다. 30만 원 정도의 기타를 12개월 할부로 끊었으니, 과외비 좀 아끼면 충분히 갚을 수 있겠다는 판단에서였다.

그 기타를, 오랜 시간 사랑했다. 스물네 살부터 서른두 살까지, 8년 정도를 기타 한 대로 버티며 기타리스트의 꿈을 놓지 않았다. 더 좋은 장비에 대한 욕구가 없었던 건 아니었다. 펜더 스트라토 캐스터, 아이바네즈, 깁슨 등등. 명기(名器)로 연주하면 마치 내 자신이 기타 장인이 될 것만 같은 환상 속에서 헤어나질 못한 적도 있었다.

돌이켜보면 참 바보 같은 시절이었다. 남의 것을 카피하기만 했을 뿐, 내 것을 만들어볼 생각은 해보지도 않았으니까 말이다.

아니 정확하게는 "그럴 엄두가 나지를 않았다."라고 적어야 할 것이다. 이십대의 나에게 창작이란 신성불가침의 영역과도 같았다. 그것은 그러니까, 하늘로부터 탤런트를 부여받은 극소수만이 할 수 있는 초절기교라고 여겨왔던 것이다. 여기에는 발전할 기미가 도통 안 보이는 기타 실력도 한몫했다. 마음은 잉베이 맘스틴(Yngwie Malmsteen)이고 김세황인데 이놈의 손가락이 돌아가질 않으니 남은 것은 단 하나, 내 능력을 벗어나지 않는 곡들을 '카피' 하는 것밖에는 없었다. 대개가 연주하기 쉬운 초기 로큰롤이나 펑크, 모던 록 계열의 음악들이었다.

실제로도 당시 홍대 인디 신의 대세는 '카피 밴드'들이었다.

펑크 밴드라면 너바나의 〈Smells Like Teen Spirit〉을 필수 레파토리로 장착해야 했고, 모던 록을 지향한다면 라디오헤드의 〈Creep〉 정도는 관객들이 원할 때 언제든 연주할 수 있어야 했다.

물론 카피는 창작의 중요한 원천 중에 하나다. 수많은 아티스트들이 선배들이 남긴 유산을 되짚어보면서 자기만의 세계를 일궈낼 수 있었다는 건, 음악계의 상식 중 하나다. 그러나 당시 홍대 인디 신은 한국 대중음악 역사상 전례 없는 창조성으로 막 발화를 시작하고 있는 참이었다. 내가 속해 있던 밴드 '연말정산'을 포함한 카피 전문 밴드들은 서서히 사라지고, 창작곡으로 승부를 거는 밴드들이 자연스럽게 늘어나기 시작했다.

그 중심에 있었던 주인공이 바로 언니네 이발관이다. 이제부터 언니네 이발관을 얘기하려면, 우리는 리더 이석원이 너바나의 커트 코베인에 대해 남겼던 언급부터 먼저 살펴봐야 한다.

음악적인 재능이나 감각은 있었지만 쉽게 시작해볼 생각을 미처 못 하고 있던 사람들에게 커트 코베인이 계기를 마련해준 것이 아닌가 싶다. 그런데 이 대목에서 사람들은 참 쉽게 이야기한다. 그전에는 특별한 재능과 자격이 있어야 음악을 한다고 생각했는데, 90년대 중반 이후로 아무나 음악 하는 세상이 되었다, 라는 식의 일반화. 거기엔 절대로 동의하지 않는다. 왜냐하면 난 (90년대 초부터) 90년대 중반 이전에 음악 하던 사람 중에는 프로가 한 명도 없다고 생각했기 때문이다. 요즘 한국 그룹들은 왜 이렇게 창작곡을 못 쓰고 다 카피곡만 하지, 라는 의문에서 출발한 거다. 그들에겐 어떤 음악적 재능이나 자격이 없었고, 한국에만 존재하는 어떤 보호막 덕분에 특권을 누리다가 그게 너바나라는 밴드에 의해 다 깨졌고, 정말 재능 있는 친구들이 그제야 음악을 할 수 있었다고 생각한다.

－《씨네21》과의 인터뷰 중

이때가 정확히 1996년이었다. 언니네 이발관을 필두로 델리스 파이스, 코코어, 크라잉 넛 등이 한꺼번에 쏟아져 나왔던 기념비적인 해. 영화감독 프랑수와 트뤼포는 "영화를 사랑하는 방법은 첫째, 한 영화를 두 번 보는 것이고 둘째, 영화평을 쓰는 것이고 셋째, 영화를 만드는 것이다."라고 말했다. 여기에서 핵심은 '만든다'라는 동사(動詞)에 위치한다. 음악을 듣고, 쓰는 단계를 넘어서 직접 음악을 만들어본다는 최종심급. 재미있게도 이는 언니네 이발관의 역사와 정확하게 일치한다.

언니네 이발관의 이석원은 음악 마니아로 먼저 이름을 날렸다. 1994년 PC 통신 하이텔의 '메탈동' 회원이었던 그는 당시 국내 팝 음악의 중심인 메탈 음악 이외의 새로운 음악을 들어보고자 하는 염원으로 동호회 내 소모임인 '모소모(모던 락 소모임)'을 만들었다. 당시 모임의 멤버는 류기덕(당시 메탈동 시삽), 김민규(델리스파이스), 윤준호(델리스파이스), 윤병주(노이즈가든, 로다운 30) 등등. 이들 모두 이석원과 마찬가지로 어디 가서 뒤지지 않을 음악광이었고, 이 교류를 바탕으로 각자 밴드를 결성, 이후 인디의 역사에 큰 발자취를 남기게 된다.

문제는 그다음부터였다. 라디오 심야 프로에 게스트로 출연하게 된 이석원이 당시에는 존재하지도 않았던 밴드 '언니네 이발관'의 리더라고 자신을 소개한 것이었다. '언니네 이발관'은 이석원이 고등학교 시절 봤던 조잡한 일본 성인영화의 제목이었다고 하는데, 이후 그는 정식으로 진짜 밴드를 결성해 활동을 시작했다. 자의에 의해서건 타의에 의해서건, 상상계에서 현실계로의 이동을 끝마친 것이었다.

1996년 발표한 1집 《비둘기는 하늘의 쥐》는 특별한 음반이었다. 뭐랄까. '뮤지션으로서의 자각'이 느껴지지 않았기에 도리어 색다르게 다가왔던, 그런 작품이었다. 여기에서 뮤지션으로서의 자각이 없다는 건 밑바탕에 아마추어적인 자세가 깔려 있다는 것이고, 아마추어적인 자세는 대개 두 가지의 결과로 수렴되게 마련이다. '폭망'하거나 '신선'하거나. "국내 최초로 기타 팝을 들고 나왔다."라는 당시의 평이 말해주듯, 그들의 존재감은 전자보다는 확실히 후자 쪽에 가까웠다. 팬들이 몰리기 시작했고, 공연장이 들끓었다. 한국 인디의 첫 번째 폭발이었다.

언니네 이발관의 음악은 적어도 이 시절만큼은 '기타 팝'이라는 장르로 설명되었다. 기타하면 자동연상되는 육중한 록이 아닌, 멜로디가 선명한 팝을 연주한다는 의미다. 그러나 언니네 이발관의 세계를 단순히 기타 팝으로 한정할 순 없다고 본다. 2집 《후일담》(1998)부터는 더욱 그렇다. 그만큼 그들의 디스코그라피가 다채롭고, 변화무쌍해졌다.

〈어제 만난 슈팅스타〉는 이에 대한 결정적인 증거다. 이석원과 정대욱의 절정에 달한 창작력과 베테랑 연주자들의 탄탄한 연주로 마감된 이 곡은 언니네 이발관의 역사를 통틀어 베스트라고 불러도 좋을 수준이었다. 특히 3분경에 극적으로 전환되는 멜로디의 펀치 라인은 가히 '압도적'이다. 게다가 이 곡은 속도감으로도 충만하다. 그래서일까. '무작정 달릴 수밖에 없는, 이십대 청춘의 애수'를 상징하는 사운드트랙이라고 불러도 좋지 않을까 싶다.

3집《꿈의 팝송》(2002)부터 그들은 기타 팝의 범주를 넘어 이런저런 시도로 음반을 '디자인'하기 시작했다. 이 점이 중요하다고 본다. 3집과 4집《순간을 믿어요》(2004)를 경유해 그들이 결국 도달한 목적지는, 어찌 보면 1집과 유사하다고 할 수 있을 '내추럴 사운드'였기 때문이다.

그러나 1집의 자연스러움과 5집《가장 보통의 존재》(2008)가 일궈낸 그것에는 엄연한 차이점이 있다. 전자가 열악한 환경 속에서 선택할 수밖에 없었던 수동적인 자연스러움이었다면, 후자는 밴드 커리어 사상 최대의 시간과 제작비를 아낌없이 투자해 완성한, 능동적인 자연스러움에 가까웠던 까닭이다.

밴드가 소리를 세공해나가는 과정은 흥미롭게도 여성의 화장

법과 매우 유사하다.

'화장하기'에도 철학이 있다면 그것은 역으로 '자연스러움의 구현'에 있지 않을까. 화장 자체는 인공적인 덧칠이지만, 이 덧칠을 통해 도리어 자연스러운 인상을 그려내는 것. 그러니까, 1집이 화장하기 전의 '생얼' 같은 자연스러움이었다면, 5집은 섬세한 화장법으로 완성한 자연스러움인 것이다.

기술적인 여건, 즉 녹음실의 보이지 않는 싸움도 고려되어야한다. 추측컨대, 5집 이전까지 그들은 녹음실의 파워게임에서 우위를 점하지 못했을 것이다. 스튜디오 엔지니어들의 '곤조'에 휘말려 시행착오를 겪고도 수정할 수 없는 경우도 허다했을 게 눈에선하다. 이런 상황 속에서 자신들의 음악적인 의도가 충분히 녹아든 자연스러운 소리 따위, 나올 리가 없지 않은가. 발매일까지 수차례 미뤄가며 공개된 2008년에야 5집은 이런 측면에서 언니네 이발관의 '진정한 시작'이라고 불러도 될, 시대를 빛낸 걸작이었다.

많은 시간이 지났고, 많은 일들이 있었다. 언니네 이발관의 앨범이 다섯 장 나오는 동안 팬들은 계속해서 바뀌었다. 그런데 이과정 속에서 변치 않는 사실 하나가 있다면, 그들은 언제나 창작자로서의 지위를 놓치지 않으려고 부단히도 노력해왔다는 점이다. 혹자는 이 지점에서 이석원의 음악적인 결벽증을 타박하기도 한다. 아니나 다를까. 2014년의 한 페스티벌에서도 공연 도중 사운드가 마음에 들지 않는다고 중간에 잠깐 중단을 선언하고 말았단다. 하긴, 이건 언니네 이발관 팬들에겐 이미 익숙한 풍경이기는 하지만 말이다.

앨범에서건 공연에서건 그들에게 더 이상 대충은 없다.

1996년에서 2008년까지, 12년 동안 갈수록 음반 발표의 기간이 늘어난 건, 그들의 완벽주의를 대변해주는 상징적인 지표일 것이다. 그들은 이미 차기작에 대한 계획도 수립해놓은 상태다. 6집 《서울의 달》과 7집이자 언니네 이발관의 마지막 작품이 될《너의 몸을 흔들어, 너의 몸을 움직여》가 각각 2015년 6월과 9월로 예정되어 있다. 계획대로만 간다면, 무려 7년 만의 신작이 되는 셈이다.

글쎄. 과거의 경험에 비춰봐 이 공약이 실천될지는 미지수지만 확실하게 장담할 수 있는 것 한 가지는 있다. 이 두 음반이 5집 못지 않게 창작의 의지로 충만한, '좋은 팝송'들을 담고 있을 거라는 점이다.

한국 사회는 극도로 예민한 타입의 뮤지션들에게 그리 호의적인 정서를 갖고 있는 편이 못 되는 나라다. 그래서 누군가의 다름을 틀림으로 곡해하고, 심지어 비난을 퍼붓는 데에 있어 일말의 주저함이 없는 경우도 많다. 이런 이유 때문일까. 까다롭기로 소문난 이석원과 언니네 이발관은 공연을 자주 하지도 않고, 할 때마다 라이브 사운드의 구현에 있어 어려움을 겪고는 한다. 이런 악전고투 속에서 그들은 5집으로 10만 장 이상의 판매고를 올렸고, 비평적으로도 전례 없는 찬사를 일궈낸 것이다.

지금부터 이걸 '작은 기적'이라고 부르려 한다. 그리고 2015년에 발매될 6집과 7집에서도 우리는 같은 광경을 목도할 수 있을 것이다.

언니네 이발관 2집 《후일담》(1998)

1998년에서 2000년은 내 음악 역사에 있어 암흑기였다. 군대에서 여자 아이돌 그룹의 은총을 받았지만, 그걸로는 부족했고, 몰래 워크맨으로 음악을 듣는 것에도 제약이 너무 많았다. 이럴 때 필요한 것이 다름 아닌 역발상. 즉 몰래 듣는 것이 아닌 대놓고 듣는 것이다.

필요한 건 단 하나. 용기뿐이었다. "설마 지금?" 하는 순간에 도리어 그걸 실행할 수 있는 용기 말이다.

1999년의 어느 날, 눈이 내렸다. 그것도 펑펑 내렸다. 뭐, 새삼스러운 일도 아니다. 군대에서의 눈은 그저 제거의 대상일 뿐, 그것에 낭만적인 위치를 부여하는 정신 나간 놈은 여기에 단 한 명도 없다.

제설 작업 준비를 하려는데 번뜩이는 아이디어 하나가 떠올랐다. 앞으로 하루 종일 눈을 치워야 하는데, 음악을 들으면서 할 수 있지 않을까? 워크맨을 찾아서 속주머니에 넣고, 이어폰을 귀 뒤편으로 끌어올려 귀마개로 라인을 완벽하게 은폐, 엄폐한다. '설마 제설작업을 하면서 음악 듣는 놈이 있다고는 생각 못하겠지?' 스스로가 대견한 나머지, 나는 씩 한번 웃고 밖으로 걸어 나간다.

다행이다. 간부는 전혀 눈치 채지 못하고 있다. 그저 여기저기 쏘다니면서 술 취한 사람마냥 "치워! 치워! 저쪽! 저쪽!"을 앵무새처럼 반복할 뿐이다. 나는 기계적으로 눈을 치우면서 이어폰을 통해 흘러나오는 음악에 집중하기 시작했다. 그래. 이게 가능한 것이었구나. 신체가 완전하게 분리되어 행동하고 사고할 수 있는 것이로구나. 이 정도면 가히 접신의 경지. 내 두 팔이 눈을 치우는 동안 내 두 다리는 걷고 있으며, 내 두 귀는 오로지 음악에만 포커스를 맞추고 있었던 그 황홀했던 체험. 이것이야말로 위대한 평화 아니겠는가.

이런 상황 속에서 듣는 음악이 기억에서 지워질 리 없다.

부모님의 면회 때 밀반입해온 언니네 이발관의 2집이었다. 어느 순간 음악에 푹 젖은 나는 듣는 걸 넘어서서 심지어 중얼거리고 있기도 하다. 옆에서 누가 봤다면 정신이 나간 걸로 오해할 수도 있었을 것이다. 그러나 다들 고개를 푹 숙이고 눈만 치우고 있을 뿐이다. 그저 이 지겨운 시간이 빨리 끝나기를 바라고 있는 와중에 나는 직업적인 의무와 개인적인 취향을 동시에 일궈내고 있었다. 하루 종일 눈을 치우면서 이 앨범을 두 번은 넘게 들었던 것 같다.

조금 슬픈 감정이 밀려온 건, 〈어제 만난 슈팅스타〉를 반복해서 듣고 있을 즈음이었을 것이다. 저 밖에서는 (사실과는 거리가 멀었지만 어쨌든) 홍대 인디 신이 폭발적으로 인기를 모으고 있다는데, 나는 그저 눈만 치우면서 시간을 죽이고 있는 군바리에 불과했다. 다들 앞서가는 것만 같은데, 나만 제자리걸음도 모자라서 뒤처지고 있다는 느낌을 지울 수 없었다. 내 앞에 주어진 젊음은 열정도 그 무엇도 아닌, 그저 시간이었을 뿐이다. 그래서 이 노래 앞에서 조금은 무너졌다.

"그 같은 꿈을 이제는 지나온 시간 속에 모두 던져버리고서 나를 봐 이렇게 어제로 돌아가고만 싶어."

특히 이 부분의 가사가 나를 바닥으로 밀어 넣었다. 어서 빨리 이 악몽을 접고, 집으로 돌아가고 싶은 마음뿐이었다.

왜 그랬을지를 생각해본다. 분명히 말할 수 있는 것 하나는 언니네 이발관이 기술적으로 훌륭한 보컬이나 연주를 들려줘서 그런 건 아니었다는 점이다. 나는 드림 시어터 같은 밴드가 증명하듯이 극한의 기술로도 감동을 전달할 수 있다고 믿는 쪽이다. 그러나 언니네 이발관은 애초부터 그런 지향과는 거리가 먼 밴드였다. 그렇다면 과연 그 정체는 무엇이었을까. 무엇이기에 나를 그토록 힘들게 했던 것일까.

그들에게는 그 누구도 대신할 수 없는, 게다가 피하기까지 어려운 매력이 있었다. 요컨대, 사람들이 '개성'이라고 부르는 그것 말이다.

스물세 살의 군인이 이런 유의 음악에서 버틸 수 있는 방법은 그리 많지 않다. 결국엔 백기를 들 수밖에 없는 그런 정서를 5분이 넘는 시간 동안 지속적으로 환기하는데, 대체 어쩌란 말인가.

어떤 음악은 특정한 맥락 속에서 '괜히 들었다'는 후회를 남기기도 한다. 사람들은 무너질 것을 뻔히 알면서도 그 음악을 기어이 찾아서 듣는다. 아마도 이건 일종의 자기증명일 거라고 나는 생각한다. 어떤 헤어짐 뒤에도 나는 여전히 '좋은 사람'이라고 스스로를 위로하는 자기증명 말이다. 그건 그저 나약한 행동일 뿐이라고 말할 수도 있을 것이다. 하지만 그런 음악이 간절해지는 순간, 누구에게나 몇 번쯤은 있지 않은가. '어제 만난 슈팅스타'가 미치도록 다시 보고 싶은, 그런 순간.

Live is life

기승전결 파괴자 · 백현진

1990년대 후반, 대학로였던 것으로 기억한다. 친구의 손에 이끌려 들어간 공연장. 처음엔 별다른 기대를 걸지 않았다. "어어부 밴드라, 이름부터 비호감이군. 보나마나 무지하게 예술가인 척하면서 말도 안 되는 연주를 들려주겠지." 솔직히 깔보는 마음이 없지 않았다. 당시 나는 그냥 평범한 음악 애호가였다. 평론가를 꿈꾸긴 했지만 방향을 잡지 못한 채 갈팡질팡하고 있었다.

그래서였을까, 단지 내가 모른다는 이유만으로, 시큰둥한 반응을 내비치곤 했다. 한껏 건방져질 수 있는 청춘의 특권? 설마. 그냥 지랄 맞은 시간이었다고 해두자. 다시는 돌아가고 싶지 않을만큼.

희미해진 기억이지만, 한 가지만은 명확하게 내 뇌리 속에 남아 있다. 어어부 밴드의 공연을 처음 본 그날, 내 마음속에서 대참사가 일어났다는 것이다. 여기에서의 대참사란 간단하게, "여보게, 내가 졌네."라는 의미다. 분하다거나 자존심이 상한 건 아니었다. 그저 이 세상에는 정말 많은 음악이 있다는 것, 그래서 그 앞에서 잘났다고 까불다가는 떡실신을 못 면한다는 평범한 진리를 다시금 되새겼을 뿐이다.

이런 측면에서 나는 그들에게, 구체적으로는 백현진이라는 인물에게 감사함을 전해야 마땅하다. 내가 먼저 매혹된 건 확실히, 그의 위악적이면서도 카리스마 넘치는 목소리였으니까. '백현진 성애자'를 자처하는 내가 이 글을 쓰는 가장 큰 이유다.

1994년 결성된 어어부 밴드(이하 어어부 프로젝트)는 최초에는 3인조였으나 현재는 미술작가 겸 보컬리스트인 백현진과《좋은 놈, 나쁜 놈, 이상한 놈》,《타짜》,《달콤한 인생》,《도둑들》등의 영화 음악으로 잘 알려진 전방위 음악감독 장영규, 이렇게 2인조로 구성된 밴드다.

어어부 프로젝트는 곧잘 '한국적 아방가르드'라고 불린다. 여기에서의 '한국적'이란 영미 팝의 범주로는 이들을 설명하기 힘들다는 뜻일 것이고 '아방가르드'란 대중음악이라 부르기엔 이들의 사운드가 난해하고 전위적인 느낌을 준다는 의미일 것이다. 그러나 조금만 주의 깊게 감상해보면, 그들의 음악이 예상했던 것만큼 그리 어려운 게 아니라는 점을 깨달을 수 있다.

이유는 간단하다. 가히 독보적이라 할, 유일무이한 개성으로 우리 모두가 무의식적으로 공유하고 있는, 이른바 보편성이라는 것을 돌파해버리기 때문이다. 이 돌파의 쾌감이 어어부 밴드 음악을 듣는 주요한 기쁨 중에 하나를 형성한다. 어어부 프로젝트의 음악은 그래서 모 아니면 도다. 그 돌파의 쾌감을 즐기는 사람들에겐 '대체불가능한 뮤지션'이 되겠지만, 조리 정연한 서사에만 길들여져 있는 사람이라면 그들의 음악을 즐겨 듣기란 그리 쉬운 일이 아니다. 이런 측면에서, 누군가는 익숙한 문법에 어긋난다고 타박할 수도 있을 것이다.

그러나 조리 정연한 서사는 따분할 뿐만 아니라 때로는 이데올로기적일 수도 있다는 점을 명심해야 한다. 어어부 프로젝트의 음악과 음반은 대중음악의 평균 문법으로부터 스스로를 경계하면서도 자신의 존재감을 높은 볼트의 설득력으로 증명한다. 구체적으로는 기승전결의 억압이 빠져나간 자유의 공간 어딘가에서 자기만의 영토를 결정짓는 것이다.

우리 대부분은 '기승전결'의 노예다. 이 뻔한 전형성을 무의식적으로 느끼면서 음악을 감상하고, 그것을 통해 특정한 감정을 형상화한다. 백현진은 그와는 반대로 달려간다. 그러니까, 최소한의 대중적 형식미를 유지하면서도 이런저런 실험들을 통해 그것에 텐션을 주는 것, 그래서 대중음악이라는 것이 마치 이월상품처럼 전시되지 않도록 하는 것이야말로 백현진과 어어부 프로젝트의 음악이 굴삭해낸 가장 큰 성취라고 할 수 있을 것이다.

출발은 1집 《손익분기점》(1997)이었다. 앨범 커버를 주목해야 한다. 표지의 인물은 바로 전설적인 춤꾼 '트위스트 김'이다. 자세히 보면 그는 뭔가에 묶여 있다. 현란한 발동작을 원천봉쇄당한 것이다. 인터뷰에 따르면 백현진은 트위스트 김을 누군가 추천하는 순간, "바로 이거다." 싶었다고 한다. 춤이라는 그의 본질을 없애버리는 것에서 오는 우스꽝스러움, 불안한 표정, 이런 것들이 즉각적인 이미지로 떠올랐던 것이다.

바로 여기에 《손익분기점》의 핵심이 존재한다. 비유하자면 거세당하고 만 자들의 슬픔이랄까. 대한민국이라는, 엄숙주의가 판을 치는 사회에서 춤추고 노는 것은 불경한 일이다. 한창 놀아야 할 시기에 '입시'라는 지옥에 십대를 저당 잡힌 학생들. 꽃다운 청춘에 오로지 취직을 위해 학교와 도서관을 도돌이표처럼 왕복하는 대학생들. 그 와중에 춤을 춘다? 이것은 도저히 용납할 수가 없는 행위인 것이다. 사진 속 트위스트 김이 벌을 받고 있는 단 하나의 이유가 있다면 바로 이것이다.

그래서 백현진은 음악을 갖고 '논다.' 그에게 음악은 무슨 거대한 철학의 발전소 같은 게 아니다. 그저 한판 걸쭉하게 놀아보는 것, 이게 백현진 음악의 가장 큰 정서다.

이 지점에서 빛을 발하는 것이 바로 그의 음악을 대하는 태도다. 그는 '페이크(fake)'의 달인이다. 뭐랄까. 장르에 대한 접근에 있어 진지함보다는 '툭' 건드리고 보는 쪽이다. 트로트를 하더라도 페이크를 쓰고, 탱고를 시도하더라도 그 수법이 페이크에 가깝다.

구체적으로 예를 들어본다. 백현진이 추구하는 탱고는 탱고의 거장 아스토 피아졸라(Astor Piazzolla)의 그것이 아니다. 차라리 그보다는, 방실이의 〈서울 탱고〉가 정서적으로 훨씬 가깝다. 그렇다고, 방실이의 〈서울 탱고〉를 좋아하는 취향이 부끄러운 것인가. 아마도 그것은 아닐 것이다. 그럼에도 〈서울 탱고〉를 탱고의 본령을 담고 있는 곡이라고 말할 수는 없다. 어디까지나 '페이크' 작품인 것이다. 이런 측면에서 어어부 프로젝트의 3집 《21c New Hair》(2000)에 실린 〈종점보관소〉는 〈서울 탱고〉에 대한 그들의 답가라고 표현할 수 있을 것이다.

이렇듯 백현진의 음악을 이해하기 위해서는 그가 장르를 어떻게 바라보고 있는지, 그 관점을 먼저 분석해야 한다. 그리고 그가 페이크적으로 장르를 더듬더듬 만지면서 발생하는 것, 그게 바로 우연성이다. 이유는 간단하다. 장르의 외피만 빌려와 페이크만 쓰는 거니까, 그 이외의 공백에서 "옳다구나~!" 하면서 마음껏 놀아볼 수 있는 것이다. 바로 여기가 백현진의 음악이 거주하는 자유의 공간이다. 위에서 설명한 기 승 전 결과 마찬가지인 것이다.

이 사내의 사진을 찾아서 한번 보라. 그가 사회적인 억압 같은 것을 어떻게든 견뎌내고 살아갈 인물처럼 보이나? 그래서 그는 선택한 것이다. 스스로가 그로부터 자유로워질 수 있는 무대를.

자유로워질 수 있는 무대. 이게 바로 백현진이 음악을 하는 가장 큰 이유라고 나는 생각한다. 그래서 그의 음악은 무대에 걸맞게 '연극적'이 된다.

2014년에 있었던 그들의 공연을 복기해보자. 그 무대는 '어어부 프로젝트'란 이름으로 3년 만에 열리는 정규 공연이었다. '탐정명(名) 나그네의 기록'이라는 콘셉트로 펼쳐졌는데, 줄거리는 대강 다음과 같았다. 나그네라는 이름을 사용하는 사십대 남자에 의해 일 년 동안 기록된 종이뭉치가 분실되고, 익명의 누군가가 그것을 습득해 읽어본다는 설정이다. 어떤가. 독특한 스토리만 봐도 벌써부터 기대감으로 충만해지지 않겠는가. 그런데 그 공연을 보면서 나는 '갈팡질팡'이라는 단어를 지속적으로 떠올렸다.

다음과 같이 설명할 수 있을 것이다. 그들의 음악은 근본적이고 긍정적인 의미에서 완성형이 아니다. 일례로, 그들은 앨범의 사운드를 무대에서 '동일하게 재현'하는 것에 거의 관심이 없다. 끊임없이 거기에 변주를 넣고 실험을 가해 변태를 거듭한다. 그 와중에 들리는 백현진의 목소리는 스스로의 인생에서 망명한 채 여전히 욕망으로 갈팡질팡하고 있는 한 사내의 처절한 고백처럼 들린다.

이런 이유로 어어부 프로젝트를 포함한 그의 최고작은 2011년 발표한 라이브 앨범 《찰라의 기초》가 아닐까 한다. 그가 추구하는 모든 것들이 이 앨범 하나에 압축되어 있는 까닭이다. 물론 누군가는 그의 위악적인 목소리를 마음껏 들을 수 있었던 《복수는 나의 것》 사운드트랙을, 또 다른 누군가는 《찰라의 기초》를 위한 초석이 된 솔로 데뷔작 《Time of Reflection》(2008)을 거론할 수도 있을 것이다. 그러나 우연성, 연극, 기승전결로부터의 자유 등, 백현진 음악의 특징을 동시적으로 고려할 때, 선택은 무조건 《찰라의 기초》가 될 수밖에 없다. 이 음반은 진정한 의미에서의 걸작이다. 찰라라는 우연성을 기반으로 하고 있기에 고정되어 있지 않고, 들을 때마다 변화하면서 늘 새로운 의미를 듣는 이들에게 던져준다. 진짜 '라이브'가 아님에도, 이 음반의 부제에 '라이브'가 붙어 있는 게 그냥 붙어 있는 게 아니다.

그런데 조금만 곱씹어보면, 실제로가 그렇지 않은가. 음악이

자기 확신으로 가득 차 직선으로 내달리는 것이 아니라 자신이 창조한 사운드 속에서 갈지자로 방황하고 고뇌하고, 심지어는 유보하는 듯 들릴 때, 더 매혹적으로 다가갈 수 있는 거라고 나는 생각한다. 마치 우리네 '라이브'한 인생처럼 말이다. 이런 이유로 지금까지 나는 그들의 음악을 누군가에게 소개할 때 '영원한 현재진행형'이라는 수식을 자주 사용해왔다. 진부한 수식인 줄 알지만, 적어도 백현진과 어어부 프로젝트의 음악을 논할 때 이것은 진부해지지 않는다. 다름 아닌 바로 그들이, 이 진부한 표현을 다시금 새롭게 만들어주는 까닭이다.

어어부 프로젝트 3집 《21c New Hair》(2000)

01_ 초헌실 임마

02_ 레이다 이마

03_ 사각의 진혼곡

04_ 미지근한 물

05_ 중국인 자매

06_ 멀고 춥고 무섭다

07_ 무더운 하루

08_ 종점 보관소

09_ 양떼구름

10_ 술꾼

11_ 발가는 돼지

12_ 살이 많은 거구

고등학교 때부터 이어폰을 끼고 공부하는 게 습관이 됐다.

음악을 듣지 않는 상태에서는 이상하게도 공부가 잘되질 않았다. 그래서 내 소원은 통일…이 아니고 하루빨리 대학생이 되는 거였다. "그놈의 워크맨 좀 압수하지 말란 말이야!" 자율학습을 감독하는 선생님에게 고래고래 소리지르고 싶었던 적이 한두 번이 아니었다. 아니, 내가 공부하면서 음악을 듣는 것까지 학교에서 감시하는가 말이다. 술 담배를 한 것도 아닌데.

시간은 흘러 때는 바야흐로 2000년. 감독 선생님은 있을 리 없는 대학교의 도서관. 내 인생에서 가장 미친 듯이 음악을 듣고, 음악 이론 책도 슬쩍이나마 살펴봤던 이 시기에, 어어부 프로젝트의 이 음반을 만났다.

그들의 새 음악은 마치 나를 비웃듯이 날카로운 단검처럼 푸욱, 하고 찔러들어왔다. 예상치 못한 강력한 카운터 어택에 나는 비틀거리며 심각한 내상을 입었다. 이 상처를 치료할 길은 오직 하나. 앨범을 듣고, 또 듣는 것뿐이었다. 누구 하나 워크맨을 뺏어가지 않는다는 사실이 그렇게 행복할 수가 없었다.

"(록) 역사상 어떤 음악과도 닮지 않은 음악은 끔찍하기 마련."

록 밴드 틴에이지 팬클럽(Teenage Fanclub)의 리더 노먼 블레이크(Norman Blake)의 말이다. 이 말은 아마도 대개의 경우 진리일 거라고 나는 생각한다. 논쟁의 영역이 아닌 사실의 영역에 보다 육박해 있다는 뜻이다. 그러나 예외적인 케이스가 없는 것은 아니다. 어떤 개인의 청취 경험과 취향에 따라 특정한 음악은, 그 어떤 음악과도 닮지 않은 만듦새로 듣는 이를 설득하고는 한다. 어어부 프로젝트의 음악이 바로 그런 경우다.

이런 음악, 대부분의 사람들에게는 낯설 수밖에 없을 것이다. 칠판 바닥 긁는 소리로 천천히 포복하는 듯한 목소리에 기괴한 연주가 더해지면, 누군가는 화들짝 놀라면서 기겁할지도 모를 일이다. 이럴 때 필요한 것이 '깊게 듣기'다.

우리는 어느새 피상적으로 음악을 듣는 습관에 철저하게 길들여져 있다. 음악이 BGM화되어버린 21세기에 음악을 진지하게 듣는 꼴이라니, 코웃음을 치는 사람도 있을 것이다. 그러나 이 앨범을 도서관처럼 소음이 완벽하게 차단된 곳에서 '깊숙하게' 들어보라. 이후 어어부 프로젝트가 음악으로 참여한 영화 《복수는 나의 것 》(2002)처럼, 이 세상에 다시는 없을 걸작을 만날 수도 있을 테니까.

누구에게나 찌질한 구석 하나쯤은 있다

음악의 생활화 · 윤종신

'심사'라는 걸 그렇게 좋아하지 않는 편이다. 가끔씩 제안이 들어오지만, 대부분은 거절하는 게 일상이 됐다. "심사와 평론이 뭐가 다르냐."라고 질문할 수 있을 것이다. 가장 중요한 차이는 평가를 위한 도구가 다르다는 것.

태생이 유리 멘탈인 나는 초긴장 상태일 것이 분명한 상대를 무려 '면전'에 두고 말을 무기 삼아 마음껏 휘두를 깜냥이 못 된다. 게다가 방송을 통한 뮤지션 심사는 뮤지션이 하는 게 옳다고 생각하기에, 그간 제법 많은 요청을 정중하게 물러왔다. 단 한 번의 예외를 제외한다면 말이다.

2013년이었을 게다. 한 오디션 프로에서 최종 심사 요청이 들어왔는데, 처음에는 당연히 거절할 생각이었다. 그런데 오디션 프로그램의 이름을 듣고는 생각이 바뀌기 시작했다. 진행자의 얼굴이 퍼뜩 떠올랐기 때문이다. 윤종신. 잊으려야 잊을 수 없는 이름. 팝송만 듣던 나를 본격적인 가요의 세계로 이끈 이름들 중 하

나. 그가 사회를 보고 있던 오디션 프로, 그것도 이미 흥행 실패로 결정 난 프로의 마무리 무대였지만 이것만으로도 내가 흔들릴 이유는 충분했다. 아주 단순하게, 그의 실물을 보면서 얼마나 진행 솜씨가 뛰어난지 직접 확인하고 싶었기 때문이다.

예상대로 달변이었다. 《라디오스타》나 다른 예능을 통해서 대충 감 잡고는 있었지만, 세상에는 저렇게 여러 분야에서 재능을 발휘할 수 있는 특별한 사람이 존재하고 있음을, 절감했던 경험이기도 했다. 나는 멀티 능력이 매우 부족한 사람이다. 심지어 집중력도 형편없어서 뭔가를 30분 이상 지속하지도 못한다.

이런 측면에서 윤종신은 '멀티와 지속성의 위대한 승리'를 상징하는 인물이라고 말하고 싶다. 그는 '끊임없이 무언가를 동시에' 한다. 이러한 플랫폼의 다각화를 통해 우리는 도처에서 윤종신의 얼굴을 보고 그의 음악과 만난다.

1990년대까지는 그렇지 않았다. 그저 음악 잘하는 싱어 송라이터였을 뿐이다. 그러나 예능으로 조금씩 방향타를 전환한 2000년대 이후부터 윤종신은 영민하게 생존법을 수정하기 시작했다. 2000년대 이후의 윤종신은 가히 '유비쿼터스' 그 자체라고 해도 과언은 아니다. 시트콤과 예능의 멀티를 기반으로 부족해진 인지도를 보충하더니, 결국에는 '월간 윤종신'이라는 프로젝트를 통해 지속성

마저 확보하기에 이르렀다. 어디 이뿐인가. 그는 기획사 사장으로서도 탁월한 수완을 발휘하면서 김예림을 필두로 한 소속 가수들을 주류 무대에서 빛나게 해줬다.

과거에는 전혀 예상치 못했던 지금이라고? 그렇지 않다. 그가 진행한 라디오를 들어본 사람이라면, 그의 뛰어난 예능감을 인지하고 있었을 테니까. 그러고 보니, 그는 심지어 라디오 DJ도 잘했다. 이쯤되면 "대체 못하는 게 무엇인가?"라고 장난스럽게 의문을 표할 수도 있을 것이다. 그런 그도 못하는 게 하나쯤은 있다. 바로 음악 이론이다.

통상 윤종신의 걸작들로 꼽히는 5집 《우》(1996)와 10집 《Behind the Smile》(2005)에서의 콤비 플레이 때문일까. 유희열과 정석원의 존재로 인해 윤종신도 음악 이론적인 바탕이 단단한 뮤지션으로 오해하는 경우가 많다. 실상은 그렇지 않다. 그는 느낌으로 곡을 쓰고 음반 작업을 함께 하는 파트너들에게 나머지 다림질과 편곡을 맡긴다.

일례로 10집에 실린 〈너에게 간다〉를 들어보라. 후렴구의 독특한 진행은 윤종신이나 정석원처럼 '코드의 진행'을 숙지하고 있는 작곡가들에게서는 결코 나올 수가 없는 창작 성향이다.

4집 《공존》(1995)의 첫 싱글 〈부디〉도 마찬가지. 이건 아예 초장부터 '코드가 아니라 멜로디가 먼저'라고 선포하는 꼴이다. 이 곡을 토이의 발라드들과 비교해서 들어보길 권한다. 익숙한 안정감이 돋보이는 토이의 것에 반해 〈부디〉는 시종일관 뭔가가 불안정하게 들린다. 이렇듯 통상적인 길을 빗겨나가면서 높은 볼트의 설득력을 확보하는 것. 이것이 장점으로 전환되는 순간, 윤종신 음악의 가능성은 폭발한다.

위와 같은 이유로 그는 레퍼런스라는 개념에 있어서도 우위를 확보한다. 레퍼런스란 무엇인가. 사전적인 의미를 그대로 가져오면, 레퍼런스는 '참고하는 대상' 정도가 된다. 이른바 '배운' 작곡가들이 함정에 빠지는 이유가 여기에 있다. 말 그대로 '참고'에 그쳐야 하는 것인데, 어느 순간 참고하는 수준을 넘어서게 되고, 급기야는 표절 시비에 휘말리는 것이다.

윤종신은 그럴 걱정이 없다. 음악평론가 김봉현과의 인터뷰에서 밝혔듯, 음악 이론을 거의 배우지 않았으니, 결정적인 부분에서의 힌트 정도만 얻은 뒤 자기 방식대로 곡을 써버리는 것이다. 못 배운 게 독이 아니라 약이 되는 셈이라고 할까.

약이 되는 부분은 또 하나가 더 있다. 자유분방한 곡 쓰기다. 활동 초기만 해도 윤종신 음악의 요체는 발라드에 집중되어 있었다. 그러나 시간이 흐르고 작품이 쌓이면 쌓일수록, 그는 다채로운 장르를 오고 갔다.

다음과 같이 생각해보자. 윤종신이 아닌 유희열이 〈팥빙수〉라는 곡을 쓴다는 것, 상상이 가는가? 정석원이 〈영계백숙〉처럼 촐싹대는 노래를 만든다? 하늘이 무너져도 그럴 일은 없을 것이다. 예능에서의 모습 그대로 윤종신은 자신의 음악에 있어 비장미를 지우는 쪽으로 방향타를 잡아왔고, 도리어 이러한 선택을 통해 차별화를 일궈낼 수 있었다.

물론 그가 강점을 보이는 장르는 여전히 발라드다. 자신이 부른 곡이건, 다른 가수에게 준 곡이건, 그는 언제나 발라드로서 승부를 봤고, 수많은 히트곡들을 남겼다. 그의 발라드가 큰 인기를 모을 수 있었던 첫 번째 이유는 앞서도 설명했듯이 독특한 선율 라인에 빚진 바가 많다. 그런데 비단 멜로디뿐만이 아니다. 그는 가사쓰기에 있어서도 독보적인 지위를 자랑한다. 이른바 '찌질이 정서'가 듬뿍 배인 그의 노랫말은 그 자체로 하나의 세계를 이뤄냈다고 해도 과언은 아니다. 대표적인 예시를 꼽아보자면 다음과 같은 곡이 될 것이다.

와이퍼는 뽀드득 신경질 내는데 / 이별하지 말란 건지 /
청승 좀 떨지 말란 핀잔인 건지 / 술이 달아 오른다 / 버릇이
된 전화를 한참을 물끄러미 바라만 보다가/ 내 몸이 기운다 /
어디로 가야 하죠 아저씨 / 우는 손님이 귀찮을 텐데 달리면

사람을 잊나요 / 빗속을

그저 읽기만 해도 손발이 오그라드는, 김연우가 부른 〈이별택시〉의 가사다. 그의 슬픈 발라드 속에서 주인공인 남성은 연애 패배주의에 찌들어 있다. 그가 가사를 쓰진 않았지만 노래를 불렀던 015B의 〈텅빈 거리에서〉도 마찬가지다. 맙소사. "떨리는 수화기를 들고 너를 사랑해"라니. 이 곡은 윤종신의 데뷔곡이기도 하다. 그러니까, 그는 가요계에 나타날 때부터 찌질한 남성들의 대변자를 자처했던 것이다. 역시나 그가 작사한 김연우의 〈청소하던 날〉 또한 생활밀착형 연애 패배주의의 어떤 완성형을 보여준다.

크지도 않은 작은 내 방에서 / 가끔 청소할 때 마다 널 떠올리곤 해 / 어딜 그렇게 돌아다녔는지 / 조그만 두 장의 종이 / 또 왜 그리 많은지… 모두 다 버리는 척 정리한 / 너의 흔적들이 남은 건 / 아마 난 준비했나 봐 / 그리워할 걸 알기에 어디 이뿐인가. 허공에다 대고 자기의 안부를 혼잣말처럼 되뇌는 10집의 〈나의 안부〉, "교복을 벗고"라는 가사 때문에 패러디의 대상으로까지 전락했던 〈오래전 그날〉, 처절함으로는 대한민국 일등이라고 할 수 있을 〈너의 결혼식〉 등, 그의 가사가 일궈내는 찌질력에는 가히 경계도 없고 한계도 없다.

그러나 짚고 넘어가야 할 부분이 있다.

이 곡들이 공히 '잘 만든' 노래라는 것이다. 장난스러운 분위기 때문에 상대적으로 저평가된 〈팥빙수〉도 그런 경우다. 이규호가 써준 이 곡은 듣기는 쉬워도 정작 만들기는 가장 어려운 스타일이다. 사실 생각해보면, '웰 메이드'라는 표현이 윤종신만큼 잘 어울리는 작곡가도 드물다.

이런 측면들이 모조리 집대성된 프로젝트가 바로 '월간 윤종신'이다. 말 그대로 매달마다 조금씩이나마 곡(들)을 발표하는 이 계획은 위험 부담이 상당할 수 있었다. 창작이라는 게 '강제성'을 부여한다고 해서 되는 일이 아니기 때문이다. 그러나 "아마추어가 영감을 찾아 헤맬 때 프로는 일하러 나간다."라는 명언처럼, 윤종신은 이 프로젝트를 제법 성공적으로 가꿔왔다. 그의 공언처럼 '음악의 생활화'를 이뤄낸 것이다.

'월간 윤종신'이 큰 반응은 아니지만, 매달 꾸준히 챙기는 팬들이 늘어가면서 주목을 받을 수 있었던 이유, 그건 바로 그가 음악을 '즐기고 있기' 때문이라고 생각한다. 여기에서 '음악의 생활화'라는 그의 언급이 다시 호명되어야 한다. 고통은 창작의 중요한 원천이지만 그것이 생활화되기란 불가능에 가깝다.

고통을 동력으로 음악했던 사람들의 대부분은 세상을 일찍 떠났고, 그에 대한 보상으로 '불멸의 천재'라는 수식을 얻은 것을 생각해보라. 역으로 긴 인생에서 음악을 생활화하려면, 그것을 즐길 줄 아는 태도가 필수적일 것이다.

윤종신은 "음악은 나에게 놀이"라는 표현으로 이를 압축한다.

예능이든 음악이든, 그에게는 그저 하나의 놀이터인 것이다. 사람들은 쉽게 타인에게 즐기라고 충고하지만 그게 말처럼 쉬운 일은 아니다. 또한 대개의 사람들은 음악이라는 것을 특수한 경험으로부터 비롯되는 특별한 행위인 것으로 인식하고 있다. 이것을 음악(가)에 대한 오랜 선입견이라고 가정할 수 있다면, 그는 어떤 의미에서 자그마한 혁명을 시도하고 있는 것인지도 모른다.

네덜란드의 역사가인 요한 하위징아는 자신의 저서 《호모 루덴스》에서 모든 문화는 '놀이'에 그 뿌리를 두고 있다고 주장한 바 있다. 놀이야말로 모든 창조의 원동력이었다는 것이다. 우리 가요계에서도 지금껏 수많은 '호모 루덴스'(놀이하는 인간)들이 존

재해왔다. 여러 명이 후보로 거론될 수 있겠지만, 그 맨 앞줄은
단연코 윤종신의 차지가 될 것이다.

윤종신 7집 《후반(後半)》 (1999)

여름인데도 주위가 스산하다. 햇빛은 쨍쨍 내리쬐는데, 날씨가 꼭 초겨울처럼 느껴진다. 이런, 이렇게 멍 때리고 있을 시간이 없다. 우선 가져온 것들을 조심스럽게 검은 비닐 봉지 속에 몰아넣는다. 삽을 들고 구덩이를 파서, 그걸 묻고 다시 덮는다. 이 순간이 가장 중요하다. 흔적이라고는 없어야 한다. 그래야 완전 범죄를 꿈꿀 수 있다.

여기는 강원도 인제의 어느 산속. 다시 한 번 주변을 살펴본 뒤 아무도 없는 것을 확인한 후에야 산을 내려와 부대로 복귀한다. 당장이라도 서울로 올라가고 싶은 마음에 발걸음만 빨라진다.

오늘은 드디어, 군대에서의 마지막 휴가 날. 그러니까, 이 휴가만 다녀오면 나는 제대인 것이다. 할렐루야. 아멘. 보이질 않았던 2000년 3월 5일이 이렇게 오는군요. 지난번에 대판 싸웠던 한 달 후임과도 깔끔하게 화해하고 나선 휴가 길. 버스를 타고 서울에 도착한 뒤, 5일 동안 술독에 빠져 허우적대기만 했던 것 같다.

휴가가 끝난 뒤에는 아마 제대가 일주일도 안 남은 상태였을 것이다. 내 인생에서 가장 긴 일주일이었다. 군대에서의 말년 병장은 인간을 사디스트로 만들기에 안성맞춤이다. '아직 한참 남은 것들'을 바라보면서 약 올리고 웃음 짓는 기쁨이란 얼마나 초라한 것인지, 제대 후 냉혹한 세상살이를 일주일만 해보면 알 수 있는 법이다.

야산에 있는 내 보물들이 생각난 것도 아마 그즈음이었을 것이다. 제대하고 정신없이 다시 삶의 전선으로 뛰어들어 뛰어다니는 와중에, 그 보물들의 존재가 퍼뜩 머릿속에 떠올랐던 것이다. 사실 그 보물들, 별 게 아니었다. 싸구려 워크맨과 카세트테이프 다섯 개 정도였을 것이다. 그중에 한 앨범이 바로 윤종신의 7집《후반(後半)》이었다.

우리 부대는 병장이라도 워크맨 소지 불가, 걸리면 군장 메고 밤새 연병장을 돌거나 심하면 영창에 가야 했다.

정말이지, 그 이전까지는 음악을 듣지 못해 죽는 줄 알기…는커녕 당대의 아이돌에 빠져서 파블로프의 개마냥 혀를 쭉 내밀고 조건반사하기에 바빴다. 핑클보다는 SES가, SES보다는 베이비복스가 좋았다. 워크맨을 비공식적으로 손에 넣기까지, 나는 90년대 아이돌 레퍼토리의 마스터였다. 지금도 그 노래들을 줄줄 댈 수 있다.

워크맨이 생긴 뒤에 내내 들었던 곡이 바로 이 앨범에 수록된 〈배웅〉이었다. 평론가로서의 잣대를 떠나 나는 지금도 윤종신의 넘버원 음반이 7집이라고 생각한다. 특히 도입부의 트럼펫 소리를 사랑했다. 이런 유의 소리와 가사, 멜로디는 언제나 아련한 추억 하나를 환기시킨다. 대개가 참 좋았던 시절이다. 이 곡을 들으면서 헤어진 첫사랑을 생각했고, 집에서 주무실 부모님의 미소를 떠올렸다.

사람이란 참 얼마나 간사한 것인지, 이 곡이 실린 테이프를 야산에 묻고 안 가져왔다는 걸 깨달았을 때, 별 감흥이 없었다. 간절함이 증발해버린 것이다. 이렇게 음악에 대한 직업을 얻은 대신 음악에 대한 순수를 내어준 나는 예전처럼 음악을 간절하게 듣지 못한다. 많이 거창한 표현이겠지만, 취미를 직업으로 택한 자의 비극적인 숙명이다.

그나저나 땅속에 묻어놓은 워크맨과 테이프들은 어떻게 됐을까, 갑자기 궁금해진다. 누가 가서 한번 파봐주오.

그래도 달콤한 나의 청춘

유일무이한 순정마초 뮤지션 · 유희열

"우물쭈물하다가 내 이럴 줄 알았지."

영국의 극작가 조지 버나드 쇼(George Bernard Shaw)의 묘비에 새겨진 것으로 유명한 경구다. 사실 이건 대표적인 오역이다. 무엇보다 '우물쭈물'은 국내 한 통신사의 미필적 고의쯤 되는 오역으로, 'Show'라는 회사 브랜드와 버나드 '쇼'의 발음이 비슷하다는 데서 착안하여 묘비명을 마케팅에 활용했던 것이다.

이 경구의 영어원문은 "I knew if I stayed around long enough, something like this would happen." 제대로 해석하면, "오래 버티다 보면, 이런 일(죽음)이 생길 줄 알았지." 정도가 맞다고 볼 수 있다.

이 문장을 내가 언제쯤 처음 봤을까. 이십대 어느 시점이었는지 명확하게 기억은 나지 않지만, 중요한 건 이 문장의 '오역'이 언제나 나의 초등학교와 중학교 시절을 떠올리게 한다는 것이다.

그 시절의 나는 글자 그대로 '우물쭈물'하기만 했던, 그림자 비슷한 존재였으니까. 후에 이것이 완벽한 오역인 줄 알고 잠시 허탈해하기는 했지만, 그렇다고 그 시절 학교에서 받았던 상처들이 치유될 리는 없었다.

상처는 그저 상처일 뿐이라는 걸, 그래서 그걸 과시할 이유도, 자기변호를 위한 알리바이로 사용할 이유도 없다는 걸, 나는 그때 배웠다. 더불어 내가 참 매력이 없는, 그저 별 볼일 없는 인간에 불과하다는 사실도.

언제나 부러웠던 친구는 주위에 사람이 끊이질 않았다. 뭐랄까. 치명적인 매력 바이러스를 게임 속의 포자처럼 달고 다니는 것 같은 아이였다. 나에게는 그런 천부적인 재능이 전혀 없었다. 공부와 운동 모두 꽤 잘했지만, 외톨이라는 느낌은 지워지지 않았다. 외톨이가 되지 않기 위해 초등학교 6학년 때 시도 때도 없이 떠벌려봤지만, 되돌아온 건 시큰둥한 반응들뿐이었다. 중학교에 진학한 뒤 나는 같은 반 여자애들이 뽑은 "제일 조용하고 착한 남학생"으로 뽑혔다. 입 다물고 있는 게 최선임을 경험적으로 터득한 대가였다.

지금 와서 돌이켜보니, 결국에는 '유머감각'이었다는 생각이 든다. 유머감각은 왠지 모르게 타고나야 발휘가 가능할 것 같은 느낌을 준다. 이것도 일종의 신화인 것이다. 유머감각이 있는 사람에게는 친구가 저글링 하듯 저절로 몰려온다는 신화. 그러나 유머는 신화라기보다는 자신감과 밀접하게 관련이 있다고 믿는다. 내가 좀 별로이기는 하지만, 그래도 친구로 사귀기에 그다지 나쁘진 않은 사람이라는 희미한 자신감.

고등학교를 아예 다른 지역에 위치한 곳으로 간 뒤, 서서히 주변에 친구들이 모이기 시작했다. 지금까지도 자주 만나는 친구들은 대개가 이 시절에 사귄 녀석들이다.

유머감각하면 떠오르는 뮤지션, 아무래도 유희열을 첫 손에 꼽지 않을 수 없다. 최근 그의 기세는 놀라울 정도다. 탁월한 진행자를 넘어 《꽃보다 청춘》을 통해 예능 대세로까지 떠올랐다. 그런데 그의 이런 현재, 충분히 예상 가능한 결과였다는 생각이 들지 않나. 유희열이 걸어왔던 기왕의 행보를 되새김질해보면, '결국 올 것이 왔구나.' 하는 느낌, 새삼스럽지 않게 다가올 것이다. '알 만한 사람은 다 아는 뮤지션'에서 '대중 스타'로의 이러한 변신이 유희열만큼 자연스러운 경우도 아마 드물 것이다.

캐릭터라고 생각한다. 그를 수식하는 별명들을 쭉 훑어보자.

일단 '감성 변태'가 먼저 떠오를 것이다. 유희열은 야한 농담도 대중들이 거부감 없이 받아들이게 하는 희한한 능력을 가졌다. 게다가 겉보기와는 다르게 엄청난 수의 여성 팬을 보유하고 있으며 남성들에게도 호감을 주는 스타일이다. 주변에서 유희열 욕하는 남자, 그렇게 자주 목격하지는 못했을 것이다. 이런 그의 탤런트는 오디오와 비디오를 가리지 않고 발휘된다. 능글 맞으면서도 천연덕스럽게 농을 던지고 웃음을 유발한다. 이러한 그의 화려한 예능감은 텔레비전이건 라디오건 매체를 가리지 않고 발휘된다. 《무한도전》 가요제에서도 지드래곤과 정형돈 콤비 정도를 제외하면, 승자는 엄연히 유희열 아니었나. 라디오 진행? 말할 필요도 없다.

다음과 같은 가정을 해볼 수 있을 것이다. "만약 유희열이 음악적으로 인정받지 못했다면?" 사실 이런 가정은 무의미하다. 유희열 본인도, 자신이 음악적으로 어느 정도 위치를 확보하지 못했다면, 그런 유머, 발휘할 기회조차도 없었다는 걸 잘 알고 있을 테니까. 그는 《무한도전》에서 유재석을 향해 "나 토이(Toy)야!"라고 강한 자신감을 내비치더니, 《꽃보다 청춘》에서는 "음악을 만드는 게 두렵다."라며 진심을 고백한다. 어떤 프로에서 어떤 멘트를 날려야 인상적인 장면을 만들 수 있는지, 본능적으로 알고 있는 덕분이다. 이건 그가 지극히 치밀하고 계획적이라는 뜻이 아니다. 그냥 그렇게 태어나고 길러진 사람처럼 보인다는 의미다.

음악과 영향력에 대해 말해야 한다. 그의 음악적인 위치는 독특하다. 일단 그는 메이저도 아니고 인디도 아니다. 정확히는 아니지만 그 중간 어디쯤에 위치해 있다. 즉, 산업적인 포지셔닝 측면에서 유희열과 그의 분신인 토이는 이 '중간계'를 대표하는 뮤지션이다.

중간계는 적어도 유희열에게 메이저보다 영향력이 떨어진다거나, 인디보다 창작의 자유가 덜 보장되는 곳이 아니다. 도리어 이를 통해 그는 메이저와 인디 모두를 아우를 수 있는, 일종의 위치 이동을 보장하는 프리 패스를 손에 쥘 수 있었다. 나는 이게 《케이팝 스타 시즌 3》에서 그가 양현석, 박진영과 견줘 밀리지 않을 수 있었던 가장 큰 이유라고 생각한다.

실제로 그는 옥상달빛, 10cm, 에피톤 프로젝트와 교류를 나누는가 하면, 아이유, 보아 같은 가수들과도 적잖이 친밀함을 유지한다. 《무한도전》에서도 그랬다. 장미여관이 노홍철과 함께 "오빠라고 불러다오"를 미친 듯이 열창하고 있을 때, 그는 "장미여관이 원래 저런 음악하는 팀이 아니다."라며 슬쩍 부기(附記)를 남기지 않았나.

그러나 유희열과 관련이 있어 보이는 뮤지션들의 음악이 유희열의 직접적인 영향을 주고받고 있다고 말할 수는 없다. 특히 최근의 인디 뮤지션들과 유희열이 연결되는 지점은 추상적이며 간접적이다. 그리고 여기에는 어떤 암묵적인 룰이 함의되어 있는데,

그건 바로 90년대를 가요계의 르네상스라고 정의하면서 회고하는 식의 관점이다.

통상 유희열(과 김동률, 이적, 정재형 등)의 음악을 '고급 가요'라고 부르는 것이 이를 증명한다.

고급 가요가 있다고 가정하면, 반대로 저급한 가요도 존재하는 셈이 되는데, 이건 '진짜 음악'과 '가짜 음악'이라는 이분법에 근거를 두고 있는 분류다. 동아기획, 하나음악, 유재하 가요제 등에 뿌리를 두고 있는 이런 인식은 종종 너무 관습적인 태도가 아닌가 싶은 회의를 남기는 게 사실이다.

어쨌든 이런 측면에서 《유희열의 스케치북》은 유희열이 관여하고 있는 프로그램들 중 적어도 유희열 자신에게는 가장 중요한 플랫폼이다. 라디오 DJ를 그만둔 뒤에는 더욱 그렇다. 마치 뮤지션판 만남의 광장처럼 보이는 이 프로그램에서 유희열은 인디와 메이저를 가리지 않고 각종 장르와 스타일을 포괄해 소개한다. 덕분에 그는 준비와 진행 과정을 통해 새로운 뮤지션과 음악, 흐름들을 저절로 흡수할 수 있게 된다.

그런데 유희열은 《유희열의 스케치북》이나 《유희열의 라디오 천국》을 진행하기 이전부터 꾸준히 트렌드를 챙기는 뮤지션이었다. 2006년에 발표해 히트한 〈뜨거운 안녕〉이 대표적인 사례다.

원래 김형중이 이 곡을 부르기로 내정되어 있었지만 건강상의 문제로 하차하고, 긴급 투입된 인물은 적어도 메인스트림 쪽에서는 거의 무명에 가까웠던 이지형이었다. 무려 6년 만에 내놓은 6집의 첫 싱글을 장식하는 얼굴이 인디 출신의 이지형이라? 이지형이 미남인 건 알지만, 어느 정도는 유희열에게도 모험이었을 것이다. 그러나 그는 보란 듯이 곡을 히트시켰고, 자신에 대한 특정한 인상을 더욱 공고히 하는 데 성공했다. 바로 '안목'이다.

이지형처럼 유희열의 가이드 아래 이름을 날릴 수 있었던 가수들의 목록을 훑어본다. 김연우와 김현중, 변재원이 당연히 먼저 떠오를 것이다. 셋이 남긴 〈내가 너의 곁에 잠시 살았다는 걸〉과 〈여전히 아름다운지〉, 〈좋은 사람〉과 〈바램〉은 지금도 토이의 클래식으로 평가받는 명곡들이다. 결국 유희열은 〈뜨거운 안녕〉으로 이지형이라는 가수를 '발굴'했고, 다시금 그의 빼어난 '안목'에 대해 칭송을 얻어낸 것이다. 아니, '사실이 그렇다'기보다는 그렇게 '보이는' 게 어쩌면 더욱 중요하다. 그런 '매의 눈' 이미지가 희석되지 않는 한, 유희열에 대한 음악적인 신뢰는 계속 될 테니까 말이다.

그리하여 결국 유희열은 그 자체로 참 모순적인 캐릭터라는 생각이 든다. 〈좋은 사람〉, 〈바램〉, 〈내가 너의 곁에 잠시 살았다는 걸〉, 〈뜨거운 안녕〉 등의 노래가 말해주듯, 그의 음악이 품는 주요한 정서는 '순정남'이다. 코드와 멜로디는 세련됐지만 어쨌든 구식의 사랑 노래다. 특히 헤어진 뒤에도 상대의 안녕을 바란다는 유의 오글거리는 가사는 토이 음악의 핵심이자 여성 팬들의 마음을 움직인 결정적인 동인이었다. 바꿔 말하면, 노래 속 남자 주인공의 캐릭터를 현명하게 잡아낸 셈이다.

텔레비전 속 유희열은 순정남과는 영 거리가 멀다.

브라운관에서 야한 농담을 능청스럽게 던지거나, 유느님을 앞에 두고 감히 호통을 치는가 하면, 형들과 동생을 이끌고 여행 전체를 철저하게 계획하고 리드한다. 전형적은 아니지만, 어쨌든 다분히 마초적이다. 유희열은 자신에게 부여된 이런 이미지들을 능란하게 포장할 줄 안다. 그래서 누가 던지면 불쾌할 수도 있을 성적인 농담이 그의 입을 거치면 유머가 되는, 기적과도 같은 일을 우리는 자주 목격하게 된다. "나는 음악은 양보해도 개그는 양보 못한다."며 뮤지션답지 않은 멘트를 날려도, 그게 그렇게나 자연스럽게 보이는 캐릭터는 대한민국에서 유희열이 유일할 것이다. 심지어 가끔씩은 자신의 가창력을 스스로 희화화하는 모습을 보이기까지 한다. 평생 우물쭈물만 해온 나로서는 그의 이런 자신감이 못내 부럽다.

대중들은 익숙한 것만을 요구하다가도 결정적인 순간에 그것을 거부하고 뭔가 신선한 것을 찾는 경향을 보인다. 그러니까, 모순적인 캐릭터가 도리어 장점으로 전환되는 어떤 티핑 포인트가 존재한다는 얘기다. 유희열이라는 이름의 순정마초는 그래서 매혹적이다. 유능한 싱어 송라이터이자 진행자로서 분야를 가리지 않고 발산하는 그의 매력과 인기는 현재 최고점을 찍고 있다. 그는 가요계와 예능의 캐릭터 싸움에서 모두 승리한, 흔치 않은 케이스로 기록될 것이다.

토이 4집 《A Night In Seoul》(1999)

1999년. 군 생활은 절정으로 향해 가고 있었다.

아아, 응답하라. 응답하라. 여기는 강원도 인제군 서화면 천도리에 근무하고 있는 상병 배순탁. 바깥 공기 좀 맡으려면 그대들의 도움이 필요하다. 여자라고는 밭일 하고 있는 할머니들뿐이다. 친구들이여, 나를 좀 보러 오너라. 오기만 하면 내가 부대 앞 중국집에서 풀코스로 쏜다. 괘씸한 놈들. 단 한 명도 오지 않았고, 도리어 내가 휴가를 나가서 밥을 먹이고 술을 사줬다. "으형. 나 너무 외로웠어. 나 좀 만나줘." 하며 애정을 구걸하는 꼴이었다.

군대에서 나는 어쩌다 보니 특A급 문서만을 취급하는 작전병으로 벙커에 근무하게 되었다. 이유는 간단하다. 작전 담당 하사가 막 자대 배치를 받은 신병 다섯 명을 앞에 두고 두 자리 숫자 2개를 곱하는 암산 문제를 냈는데, 수학이라면 젬병인 내가 그걸 다 맞췄기 때문이었다. 이후 비밀문서를 취급하게 된 나에게 휴가는 언감생심, 느는 거라곤 습한 공기를 한껏 머금은 무좀균뿐이었다. 무좀균의 고통은 정말이지, 겪어보지 않은 사람은 모른다. 치료 받으면 되지 않느냐고? 인류 역사상 발견된 군대산(産) 무좀의 치료법은 단 하나뿐이다. 제대다. 제대.

밖으로 나갈 기회가 많지 않은 상황 속에서 2년 2개월 동안 세 번 정도 찾아오신 부모님은 감동 그 자체였다. 우리 부대는 일가친척이 아니면 외박을 허용하지 않았다. 물론 여자친구가 있는 놈들은 간부들과의 밀당을 통해 외박을 얻어내는 꼼수를 부렸지만, 여자친구도 없는 내가, 심지어 친구 한 명 찾아오지 않는 내가, 그런 꼼수를 쓸 일이란 불행하게도 전혀 없었던 것이다. 그래서 나는 부모님이 오셔야 밖에서 겨우 하룻밤 자면서 이런저런 못한 것들을 할 수 있었다. 면회 오시기 전, 원하는 물품 리스트를 쪽 뽑아서 미리 통보했음은 물론이다.

음악은 그중에서도 가장 큰 기쁨이었다. 1999년 어느 날, 부모님이 면회를 오셨고, 우리는 모텔에 방을 잡은 뒤에 중국집에서 식사를 마쳤다. 간단하게 술이 오고 간 뒤에 부모님은 이미 잠드신 새벽 1시.

나는 살금살금 밖으로 나가 어머니가 몰고 온 차를 타러 주차장으로 나갔다. 엄마에게 미리 받은 차 열쇠를 꽂고 시동을 켰다. 면허도 없었을 때였으니 새벽의 시원한 드라이브를 즐기기 위함이 아니었다. 부모님이 사 오신 테이프를 듣기 위해서였다. 바로 토이의 《A Night In Seoul》이었다.

이 음반을 새벽 3시까지 듣고 또 들었다. 그중에서도 첫 곡 〈Night in Seoul〉이 마음에 쏙 들었다. 이 노래가 퓨전 재즈 스타일의 멋진 연주곡이라는 게 중요한 게 아니었다. 유희열의 탁월한 편곡 솜씨에 감탄하는 건, 제대하고 나서 해도 충분했다. 다만 한 가지. 제목이 나에게 날아와서 정중앙에 꽂혔던 것이다. '서울의 밤'이라니, 이걸 즐기기에는 내게 남은 시간이 너무도 길어 보였다. 2000년 3월 5일은 보이질 않았다.

그런데 결국 그날은 왔고, 집에 도착한 나는 부모님에게 인사를 하는 둥 마는 둥 워크맨을 들고 밖으로 뛰쳐나갔다. 지하철을 타고 홍대 앞으로 간 뒤 학교를 향해 걸어가면서 이 곡을 플레이했다. 아마도 밤 7시 정도쯤이었을 것이다. 이 곡에 먼저 취한 나는 그날 학교 사람들과 함께 대취했다. 미친 듯이 웃고 떠들면서 서울의 밤을 마음껏 즐겼다. 아마도 내 인생에서 가장 행복한 하루였을 것이다.

드림 시어터(Dream Theater)_ 전 세계에서 가장 성공한 프로그레시브 메탈 밴드 중 하나이다. 이들은 난해하고도 정교한 테크니컬 플레이와 그들 특유의 서정성을 결합한 완성도 높은 음악으로 전 세계 메탈 팬들의 많은 사랑을 받고 있다. 특히 1992년 발매된 앨범 〈Images and Words〉에 실린 곡 〈Pull Me Under〉는 MTV 등의 매체에서도 큰 인기를 얻어, 밴드 내에서 상업적인 인기를 얻은 몇 안 되는 곡 중 하나로 꼽힌다. 드림시어터의 멤버들은 자신이 다루는 악기 분야에서 세계 최고의 연주자로 꼽히고, 각종 음악 잡지에서 수많은 상을 받았다.

절망은 가끔씩 안도와 함께 온다. 그러니까, "포기하면 편해."라는 자조 섞인 격언이 의도치 않게 현실화되는 순간이다. 나에게는 드림 시어터라는 밴드가 그랬다. 그들의 음악을 듣고 기타리스트를 꿈꿨고, 그들의 라이브를 보고 기타리스트로서의 꿈을 접었으니까.

드림 시어터는 나의 '최애캐' 아니 '최애밴'이다. 어렵게 설명하자면, 드림 시어터는 통상 '프로그레시브 메탈'을 하는 것으로 분류된다. 여기에서의 프로그레시브 메탈은 프로그레시브 록과 헤비메탈을 섞은 장르다. 그냥 쉽게 말해서 드림 시어터는 전 세계에서 연주를 가장 잘하는 밴드 중에 하나다. 그들의 라이브를 처음 봤을 때의 충격을 잊지 못한다. 공연 내내 "그렇게 연주를 끝내주게 하면서 대체 언제쯤 한번 틀릴 거냐." 목을 빼면서 기다렸지만 그들은 실수하지 않았다. 아니, 실수를 했다손 치더라도 내가 그걸 알아챌 능력이 없었다는 게 함정일 것이다.

바로 이 지점에서 절망과 안도는 동시에 찾아왔다. 살리에리만도 못한, 보잘것없는 내 재능이 원망스러우면서도 일찍 관두길 잘했지, 싶은 양가적인 감정이었다.

그렇다. 이 책에서 수도 없이 강조했지만 나는 원래 기타리스트 지망생이었다. 잉베이 맘스틴의 화려한 속주 기타를 듣고, 드림 시어터의 연주에 감탄하면서 '세계를 지배하는 록 스타'가 되기를 꿈꿨다. 그러나 명심해야 할 것이 있다. 적어도 예술과 스포츠는 "내가 소질이 없구나." 느끼게 되는 그 순간, 바로 그만둬야 한다는 것이다. 그렇지 않으면 속된 말로, 나중에 거지꼴을 면하기 힘들게 된다(는 게 내가 평소 강력하게 주장하는 바다).

돌이켜보면, 처음부터 기타 연주가 좋아서 무작정 기타를 잡았을 리 없다. 음악 듣기를 좋아하다가 이걸 내가 직접 소리내봐야지, 어떤 욕망이 형성되면서 시작하는 게 보통이다. 대학교 때까지는 이걸 포기하지 못했다. 어설프게나마 아마추어 밴드를 결성해서 공연도 해봤지만, 날이 갈수록 내가 가진 초라한 재능만이 안타까울 뿐이었다. 아무리 기타를 쳐보고 또 쳐봐도 원하는 플레이가 나오질 않았다. 이상(理想)은 드림 시어터인데, 현실은 골방 기타리스트 신세를 면치 못했던 나날들이었다.

결정타는 2집 《Images And Words》였다. 단일 음반으로 한정하자면, 내가 들었던 모든 앨범들 중에 이 작품을 가장 많이 들었지 않을까 싶다. 대충 헤아려봐도 500번 이상은 플레이했던 것 같다. 오죽하면 주위의 형들과 친구들이 그만 좀 들으라고 말렸을까. 그런데도 이 앨범이 좋았다. 〈Pull Me Under〉의 시원한 속도감이 좋았고, 〈Another Day〉의 아름다운 서정미가 맘에 쏙 들었으며 〈Take The Time〉의 화려한 변박은 언제 들어도 압도적이었다. 그러면서도 그들의 음악 속에는 언제나 선명한 멜로디가 담겨 있었다. 수록곡들 중에서도 〈Surrounded〉는 어지간한 팝송 못지않은 선율 라인으로 나를 유혹했다. 나는 지금도 이 앨범의 수록곡 전부를 순서대로 외울 수 있다.

"그래, 결심했어. 이런 밴드를 하고야 말겠어."

다짐을 수도 없이 했지만 안타깝게도 저주 받은 내 손가락은 돌아가지 않았다. 이건 비밀인데, 나는 손가락 미남이다. 손가락이 여자처럼 길고 예쁘다. 그래서 내 손가락을 본 사람들은 모두들 "피아니스트나 기타리스트 손가락 같다"고 말한다. 그런데 놀랍게도 딱 여기까지다. 손가락만 길면 뭐하나. 아무리 연습해도 돌아가질 않는데.

그래서 차선책으로 선택한 것이 음악평론가다. 이런 케이스는 나뿐만이 아니다. 나처럼 음악 평론가들 중 일부는 이구동성으로 소싯적에 기타 좀 쳤다고 하는데, 그 누구도 상대방이 기타 치는 걸 본 적이 없으니, 인류 역사에 풀리지 않는 가장 큰 미스터리가 있다면 바로 이것이다.

궁극적으로 말하고 싶은 것은 '감각'이라는 것이다.

우리는 보통 '감각'을 천부적인 것이라고 미뤄 짐작한다. 일부는 맞고 일부는 틀린 얘기다. 감각이라는 것은, 천부적인 재능이기도 하지만 반복된 훈련이 만드는 것이기도 하다. 처음엔 이렇게 해볼까 했던 것을 계속 반복하면 특정한 상황과 마주했을 때 감각은 본능적으로 튀어나온다. 생각은 창의적으로 하되 반복 또 반복해보는 것 말이다.

도대체 드림 시어터의 멤버들은 얼마나 많은 시간을 악기에 매달려 보냈을까. 이런 생각을 하면서 스스로 마음을 다잡지만, 음악 글쓰기에서도 넘어야 할 난관이 첩첩산중이다. 그런데 별 도리 있겠나. 반복, 또 반복인 것이다.

조금 이르지만 2015년 나의 새해 모토는 그래서 '반복의 미학'에 헌신하는 것이다. 그러다 보면 어느 순간 괜찮은 문장 몇 개는 발견할 수 있겠지, 라는 희망을 가슴에 품고서.

라디오헤드(Radio Head)_ 1992년 첫 번째 싱글 《Creep》을 발매하며 데뷔했다. 초기에 큰 인기를 얻지 못했
으나 그들의 정규 1집 《Pablo Honey》가 발매된 이후 몇 달이 지나서 인기를 얻기 시작했다. 1997년에 발매
된 라디오헤드의 3집 《OK Computer》는 그들을 세계적인 스타로 만들었다. 《OK Computer》는 현대적 소
외감을 주제로 광대한 사운드를 연출한, 90년대 최고의 명반 중 하나로 손꼽히고 있다.

《배철수의 음악캠프》의 작가를 해오면서, 여러 억울한 상황과 맞닥뜨려 답답할 때가 종종 있다.

그 첫 번째. "거기 옛날 노래만 나오는 데 아니야?"라는 편견. 그런데 반대로 "너무 최신곡만 틀어준다."라고 불평하는 올드 팝 청취자가 있으니, 이거 참 어찌해야 할 바를 모르겠다.

간단하게 정리한다. 과거를 돌아보고 싶다면 6시부터 7시, 최근 인기곡을 듣고 싶다면, 7시 30분부터 8시를 선택하면 된다. 7시부터 7시 30분까지는 게스트 출연 시간이다.

두 번째. 라디오헤드의 〈Creep〉 좀 그만 틀라는 불평. 이건 좀 많이 황당한 케이스인데, 왜냐하면 라디오헤드의 〈Creep〉은 19금으로 지정되어 있어서 틀고 싶어도 틀 수가 없기 때문이다. 심지어 이 곡을 진짜 좋아한다고 하면서도 가사에 'fuck'이 들어가는 걸 모르는 사람들도 많다.

어쨌든 'fuck'만 지워서 가끔 선곡한 적은 있어도, 〈Creep〉은 《배철수의 음악캠프》의 단골 레퍼토리가 아니다. 이는 홈페이지의 선곡표가 증명한다. 아티스트 카테고리로 놓고, 'Radiohead'라고 쳐서 검색해보라.

라디오헤드의 곡들 중 가장 많이 선곡된 노래는 몰라도, 한 앨범으로 포커스를 옮기면 1위는 확실해진다. 바로 3집에 해당하는 《OK

Computer〉다. 심지어 이 음반은 내가 직접 구매한 바이닐(Vinyl)로도 구비하고 있으니, 어떤 수록곡이든 마음껏 신청하기 바란다. 나도 이 앨범이 라디오헤드의 최고작이라고 확신하고 있으니까.

다만 한 곡, 〈No Surprises〉는 조금 자제해주길. 이 곡과 관련된 어떤 사연 때문이다. 아직도 이 곡만 들으면 내 몸의 일부가 무너지는 느낌이 들어서다.

나는 외동아들로 태어났고, 덕분에 어려서부터 혼자 노는 데 익숙했다. 그런데 마음 한구석에 '형이 있었으면' 하고 내심 바라고 있었던 것 같다. 대학 시절 친하게 지낸 형들의 얼굴을 떠올려보면 더욱 그렇다. 사람은 가족만으로는 불충분하다고 생각한다. 사회나 학교에서도 진짜 가족처럼 친밀한, 유사 가족 형태의 삶이 필요한 것이다.

이 곡, 〈No Surprises〉를 참 좋아하는 형이 있었다. 나와 음악 바에 한잔 걸치러 가면, 언제나 이 곡을 무조건 신청해서 들었다. 그는 이 곡의 무기력함을 사랑한다고 내게 말했다. 이 곡의 가사처럼 "더 이상 놀랄 것도 없는 것이 결국 우리네 삶인 것이지."라며 특유의 말투로 나에게 얘기해줬던 게 희미하게 떠오른다.

어느 날, 그 형과 함께 친하게 지내는 고등학교 친구에게 연락을 받았다.

"형이 뇌경색으로 쓰러져서 응급실로 갔으니, 빨리 연대 세브란스 병원으로 오라"는 전화였다.

신촌 거리를 미친 듯이 달려서 병원으로 갔다. 형은 대수술을 끝마치고 나온 상태였다. 머리는 거의 반 이상을 깎았는데, 그 위로는 긴 수술 자국이 선명하게 보였다. 수술 이후로 형은 한동안 말을 좀 많이 더듬었다. 가끔씩 거리 한복판에 멍하니 서 있으면서 "우리가 지금 어디에 있냐."라고 내게 묻기도 했다. 그토록 뻔질나게 드나들었던 신촌 거리의 정중앙에서 말이다.

형은 바로 담배를 끊고 술도 엄청나게 줄였다. 다행히 서서히 건강을 회복하기 시작했다. 그래서 이내 안심하고 형과 예전처럼 똑같이 음악 바에 가서 함께 시간을 죽였다. 음악 바에 들어오는 여자들을 곁눈질로 쳐다보면서 둘이 음흉한 웃음을 짓는 건, 형과 나의 오랜 취미 중에 하나였다. 그런 시간들이 마냥 즐거웠다. 정말이지, 나에게 친형이 있었다면, 이런 사람이었으면 싶은, 그런 형이었다.

그러던 어느 날 월요일 아침이었다.

친구에게 연락이 왔다. 이 시간에 전화할 놈이 아닌데, 하는 생각과 함께 전화기를 들었다. 전화기 너머에서 친구는 펑펑 울고 있었다. 형이 새벽에 숨을 거두었다는 소식이었다. 형은 일요일부터 가슴이 이상하게 답답하다고 말했다고 한다. 그러고는 월요일 새벽 어느 시간에, 잠이 든 그 상태로 숨을 거두었다고 한다. 고통스럽지 않고 편안한 죽음이었다고, 형의 가족들은 내게 말해줬다.

그날이 대체 어떻게 지나갔는지 전혀 기억이 나지 않는다. 다만 한 가지. 내가 이 세상에서 태어난 이후 그렇게 많이 울었던 날은 없었다. 병원에서 울었고, 거리에서 울었고, 그 형과 함께 간 음악 바에서 울었다. 형의 죽음에 내 책임이 있는 것 같은 죄책감을 떨쳐낼 수가 없었어였다. 술 좀 덜 마시라고 할걸. 담배 좀 덜 피우라고 할걸.

어쩌면 인간이 겪는 고통의 양은 불변일지도 모른다. 다만 그 고통을 일시불로 갚느냐, 할부로 갚느냐의 차이가 있을 뿐이다. 나는 그날 내가 감당해야 할 고통의 상당 부분을 한꺼번에 상환한 건지도 모르겠다.

그날 이후로 방송을 제외하면 〈No Surprises〉를 부러 듣지 않았다. 그런데 오늘, 이 글을 쓰기 위해 라디오헤드의 〈No Surprises〉를 다시, 겨우 들어냈다. '들었다'가 아니라 겨우 들어'냈'다. 문법에 맞지는 않지만 이렇게밖에 말할 수 없는 이유, 다들 하나씩은 있지 않은가.

소중한 의미를 지녔던 무언가가 점점 색이 바래고 소멸되어 가는 게 무서워서, 생기발랄한 시대를 함께했는데 그것이 잊혀지는 게 두려워서, 아니, 사실은 그렇게 잊어가는 내 자신을 바라보는 게 싫어서 그렇게밖에는 할 수 없는 것.

그런 사람, 그런 음악, 다들 하나씩은 간직하고 있지 않은가.